O Diário
de Zeferino Ferrez

Editora Appris Ltda.
1.ª Edição - Copyright© 2025 dos autores
Direitos de Edição Reservados à Editora Appris Ltda.

Nenhuma parte desta obra poderá ser utilizada indevidamente, sem estar de acordo com a Lei nº 9.610/98. Se incorreções forem encontradas, serão de exclusiva responsabilidade de seus organizadores. Foi realizado o Depósito Legal na Fundação Biblioteca Nacional, de acordo com as Leis nᵒˢ 10.994, de 14/12/2004, e 12.192, de 14/01/2010.

Catalogação na Fonte
Elaborado por: Josefina A. S. Guedes
Bibliotecária CRB 9/870

M764d 2025	Montanari, Weliton Alberto Maia O diário de Zeferino Ferrez / Weliton Alberto Maia Montanari. – 1. ed. – Curitiba: Appris: Artêra, 2025. 167 p. ; 21 cm. ISBN 978-65-250-7456-6 1. Ficção brasileira. 2. Histórias de aventura. 3. Tesouros. I. Título. CDD – B869.3

Editora e Livraria Appris Ltda.
Av. Manoel Ribas, 2265 – Mercês
Curitiba/PR – CEP: 80810-002
Tel. (41) 3156 - 4731
www.editoraappris.com.br

Printed in Brazil
Impresso no Brasil

Weliton Alberto Maia Montanari

O Diário
de Zeferino Ferrez

Curitiba, PR
2025

FICHA TÉCNICA

EDITORIAL	Augusto V. de A. Coelho
	Sara C. de Andrade Coelho
COMITÊ EDITORIAL	Marli Caetano
	Andréa Barbosa Gouveia (UFPR)
	Edmeire C. Pereira (UFPR)
	Iraneide da Silva (UFC)
	Jacques de Lima Ferreira (UP)
SUPERVISORA EDITORIAL	Renata C. Lopes
PRODUÇÃO EDITORIAL	Sabrina Costa da Silva
REVISÃO	Katine Walmrath
DIAGRAMAÇÃO	Amélia Lopes
CAPA	Daniela Baumguertner
REVISÃO DE PROVA	Daniela Nazario

Onde o horizonte se encontra com o desconhecido,
começa a jornada,

Nesse limiar, o coração lateja forte,
e a alma se prepara para o salto,

O desconhecido chama, um sussurro sedutor, que ecoa dentro de
nós, um chamado à aventura,

E quando nos atrevemos a dar o primeiro passo, o mundo se abre,
e o impossível se torna possível.

(Weliton Maia)

Agradecimentos

Aos professores que iluminaram meu caminho, agradeço pela paciência e dedicação. Sua sabedoria semeou em mim a semente da curiosidade e do conhecimento.

À minha mãe, Joana D'arc, o coração que bateu por mim, que me nutriu e me guiou com amor incondicional, obrigado por ser meu porto seguro e minha fonte de inspiração.

À minha família, meu amor mais profundo: Cristina, minha companheira de jornada, e Anna, minha filha radiante, vocês são os meus faróis que iluminam o caminho.

Às minhas irmãs, Rosilaine e Rosemary, suas palavras de encorajamento foram o vento que impulsionou minhas asas.

Ao meu irmão Michael e ao meu pai Antonio, sua força e sabedoria me sustentaram nos momentos de tempestade.

À Wânia, minha sogra, sua crença em mim foi um bálsamo para minha alma.

Aos meus pastores, Cláudio Aparecido e Clayde, suas orações e palavras de motivação foram um rio de vida que me guiou.

E aos meus cinco sobrinhos maravilhosos, Lidiane, Nicoli, Mateus, Alan e Anna Carolina, vocês são os meus tesouros mais preciosos. A presença de todos vocês tornou minha vida um jardim florido de alegria e amor.

*À minha família, o tesouro mais precioso
que a minha alma guarda.*

Prefácio

Prepare-se para mergulhar em uma jornada emocionante e transformadora com este livro. A trama, habilmente tecida por Weliton Maia, cativou-me desde o primeiro capítulo. A riqueza de detalhes em cada momento da história é impressionante, transportando o leitor para um mundo de profundas emoções e reflexões.

A narrativa nos leva a refletir sobre a importância de lutar por aquilo em que acreditamos e valorizamos. A perseverança e a resiliência são temas constantes, inspirando-nos a superar obstáculos e nunca desistir.

Além disso, o autor destaca a beleza da amizade, essa joia preciosa que devemos cultivar e preservar. As relações entre os personagens são autênticas e tocantes, demonstrando que o apoio e o amor verdadeiros podem superar até mesmo os desafios mais difíceis.

Este livro é um testemunho do poder da história para transformar e inspirar. Weliton Maia nos presenteia com uma obra-prima que permanecerá em nossos corações e mentes por muito tempo.

Não perca a oportunidade de vivenciar esta experiência literária. Prepare-se para ser tocado, inspirado e transformado.

Rosemary Cláudia Maia Lima

Pedagoga (FAFIBE/MG)

Sumário

Capítulo 1
JULIAN STALKER 15

Capítulo 2
A FORMAÇÃO DO GRUPO 28

Capítulo 3
RUÍNAS 38

Capítulo 4
A MANSÃO DO LAGO 45

Capítulo 5
EM BUSCA DO PASSADO 53

Capítulo 6
O COFRE DOS SONHOS 62

Capítulo 7
O MAPA ESQUECIDO 79

Capítulo 8
A ROTA DO TESOURO E A ÁGUIA DO RIO 83

Capítulo 9
O RIO DO VALE FLORIDO 90

Capítulo 10
A FENDA 103

Capítulo 11
O PICO DA ÁGUIA SOLITÁRIA 115

Capítulo 12
AS FAMOSAS PEÇAS DA COROAÇÃO 121

Capítulo 13
REVELAÇÕES 131

Capítulo 14
O RIO CAÍDO 137

Capítulo 15
A MORTE DE MALCOLM MALICE 149

Capítulo 16
O RETORNO TRIUNFANTE 161

Capítulo 1

JULIAN STALKER

A máxima de Sócrates, *"Conhece-te a ti mesmo"*, ecoa através dos séculos como um chamado à autodescoberta. Para mim, aquele dia foi o início de uma jornada de autocompreensão, uma jornada que revelou que, até então, eu mal havia arranhado a superfície de quem realmente sou...

Janeiro, ano 2002.

Localizado no coração da cidade, o antiquário *Emily Windsong* é um refúgio ao passado, onde o tempo parece ter parado. A fachada do edifício, com suas janelas de vidro colorido e porta de madeira entalhada, já é um convite para entrar em um mundo de maravilhas.

Ao entrar, você é envolvido por uma atmosfera acolhedora e misteriosa. As prateleiras de madeira escura estão repletas de objetos antigos, cada um com sua própria história para contar. Relógios de parede, vasos de porcelana, quadros a óleo e móveis de época se misturam em uma harmonia perfeita.

A iluminação suave e quente, proporcionada pelas lâmpadas de cristal, realça a beleza dos objetos expostos. O cheiro de madeira polida e papel velho envolve o ambiente, transportando você para uma época passada.

Julian Stalker é funcionário há quase quatro anos, um jovem elegante e sábio, com um sorriso caloroso e olhos que brilham com paixão por história. Ele está sempre pronto para compartilhar seu conhecimento sobre cada peça, revelando segredos e histórias escondidas. Ele sempre se aproximava das pessoas e dizia a mesma frase: *"Bom dia! Sou Julian, funcionário do antiquário Emily Windsong, seja bem-vindo ao nosso humilde reino de tesouros do passado. Como posso ajudá-lo hoje?"*. Porém, naquela manhã, algo incomum aconteceu...

Julian estava momentaneamente distraído quando um homem peculiar, com bigode exótico e chapéu-coco desgastado, aproximou-se furtivamente e inseriu algo no bolso. Instintivamente, Julian sentiu um arrepio de desconfiança e lutou contra o impulso de confrontar o estranho, temendo que ele pudesse ser perigoso. A mídia frequentemente pintava pessoas como essa como "bandidos armados" ou "seres violentos", e Julian não queria arriscar. No entanto, lembrando-se das palavras de seu patrão, que o advertira de que qualquer perda não reportada seria descontada de seu salário já modesto, Julian decidiu enfrentar o desconhecido e reivindicar o que era seu.

— Bom dia, meu senhor! — disse Julian Stalker com olhar fixo nas mãos do estranho.

— Bom dia — respondeu o outro com singeleza.

— Poderia me acompanhar, senhor?

— E posso saber o motivo?

— Já lhe digo, mas, por gentileza, me acompanhe.

Em seguida, eles se dirigiram à sala reservada, conhecida como *"santuário dos astutos"*, onde Julian Stalker se voltou para o estranho e falou com tranquilidade:

— Percebi que o senhor guardou algo em seu bolso. Com sua permissão, gostaria de pedir que devolva o objeto.

O estranho vestia uma indumentária deslocada no tempo e na estação. Seu sobretudo longo e desgastado, com fios desfiados e manchas de chuva, quase roçava o chão, enquanto seu chapéu-coco, amarelado pelo uso, parecia ter sido esquecido em uma era passada. Mas foi o bigode que verdadeiramente chamou a atenção: uma estrutura exuberante e retorcida, com pontas erguidas e uma cor que lembrava o âmbar. Tudo isso, combinado, criava uma figura que impossibilitava passar despercebida. Os olhos de qualquer observador atento não poderiam deixar de se fixar nele, como se atraídos por uma força magnética.

— Sinto muito, rapaz, não tive a intenção de roubar nada, iria colocar de volta, eu juro.

— Olha só, temos aqui um ladrão honesto — disse Julian Stalker com ironia.

— Deixe-me explicar pelo menos, tenho certeza que você vai entender.

— Certo, então se explique, e quem sabe depois disso eu não chame a polícia.

Em um gesto inesperado, o estranho removeu o chapéu e puxou o bigode, revelando que era falso. Julian Stalker ficou surpreso. Com tranquilidade, o jovem começou a explicar a verdade por trás de seu disfarce:

— Não quero roubar nada dessa loja, a única coisa que fiz foi pegar esse documento aqui para ler.

— Para ler, você se arriscou só por isso? — E continuou. — Poderia ter me pedido e eu teria te emprestado, não precisava roubar.

— Como te falei, não roubei, eu ia tirar uma cópia e depois colocar de volta, não sou ladrão, nunca roubei nada em minha vida.

— Vamos supor que eu acredite em você, então qual seria o motivo de querer uma cópia desse documento? — indagou Julian Stalker.

Antes de começar a falar, o jovem estendeu a mão em direção a Julian Stalker e disse com voz firme:

— Vamos começar direito então. — E continuou. — Muito prazer, meu nome é Axel Ventura.

— Sou Julian Stalker e o prazer é meu, acredite, Axel Ventura — disse sorrindo.

— Posso saber o motivo da graça, senhor Stalker?

— Nada não, esquece.

— Vamos, diga, fiquei curioso agora.

— Está bem, foi você quem insistiu... — E continuou. — É que seu nome parece de sabão em pó. — Terminou soltando outra gargalhada.

— E você acha que é o primeiro engraçadinho a fazer essa piada? Pois entra na fila — respondeu o jovem dando de ombros.

Eu não sabia naquele momento, mas aquilo seria o início de uma amizade que duraria por toda a minha vida.

— Julian Stalker, o que tenho para compartilhar com você pode alterar drasticamente o curso de nossas vidas. É uma história que meu avô me contou inúmeras vezes, com detalhes vívidos e uma convicção inabalável. No entanto, minha família sempre duvidou de suas palavras, considerando-as um fruto do delírio pós-guerra. Meu pai, que descansou em paz, costumava dizer que eram apenas devaneios de um homem traumatizado. Mas eu sempre senti que havia verdade por trás daquelas palavras.

— Seu avô serviu em qual guerra?

— Durante a grande guerra, meu avô serviu na Tríplice Entente, enfrentando meses de intensos combates até ser ferido e, posteriormente, enviado de volta para casa.

— Sinto muito, Axel Ventura.

— Não sinta, Julian Stalker, há males que vêm para o bem, não é assim que os antigos diziam?

— Se você está dizendo...

— Exatamente! — concordou Axel Ventura, seus olhos brilhando com intensidade. Se não fosse pelos estilhaços da granada, meu avô não teria sobrevivido à guerra. E com ele, essa história incrível teria sido enterrada para sempre, perdendo-se nas sombras do passado.

—Vamos ver se entendi direito—disse Julian Stalker, com um tom sarcástico. — Se seu avô não tivesse sido ferido na guerra, você não teria essa história para me contar e não estaria aqui, tentando me roubar, é isso?

—Calma aí, meu amigo, já disse, não iria roubar nada, estava apenas tomando emprestado, iria colocar de volta.

— É, você me disse... — respondeu Julian Stalker com certa ironia.

—Então, Julian Stalker, você quer ou não escutar a história?

—Claro que eu quero, porém, estou em horário de trabalho, se meu patrão me pega, já era, estarei no olho da rua.

—Entendo, vamos fazer o seguinte, depois do seu trabalho, a gente se encontra lá na lanchonete do Professor Orion.

—Combinado, Axel Ventura.

—Combinado então, Julian Stalker, nos vemos lá.

Após essa conversa, Axel Ventura seguiu em direção à porta para sair, foi então que Julian Stalker o chamou:

—Não está se esquecendo de nada, senhor Axel?

—Como assim?

—Como assim? — indagou Julian Stalker e continuou. — O documento que você pegou aqui na loja ainda está no seu bolso...

—Opa! Desculpe-me, aqui está.

— Sem problemas, rapazinho — respondeu Julian Stalker fitando o jovem.

Antes de passar pela porta, Axel Ventura olhou para trás e disse ao seu novo amigo:

— Se não for incômodo para você, leve esse documento para nosso encontro...

— Certo, vou pensar no caso.

— Tenha um bom dia, e mais uma vez, desculpe ter pegado algo em sua loja.

— Desculpas aceitas!

Julian Stalker acompanhou com o olhar o jovem estranho que logo se perdeu na multidão. Ele sacudiu a cabeça, convencido de que não iria ao encontro. Quem era aquele sujeito esquisito, vestido com roupas antiquadas e surradas, e com um cheiro que sugeria uma necessidade urgente de um bom banho? A aparência desleixada e o ar excêntrico do jovem não inspiravam confiança.

Julian sempre foi fascinado pelo passado. Desde criança, ele se encantava com as histórias de seus avós sobre as épocas passadas em que viveram. Seu amor por antiguidades cresceu com o tempo, e ele sabia que queria passar sua vida cercado por elas.

No antiquário, Julian se sentia em casa. Ele passava horas examinando cada peça, aprendendo sobre sua história e significado. Seus favoritos eram os objetos do século XVIII, com seus intrincados detalhes e histórias escondidas.

Enquanto o tempo passava, a hora de fechar a loja se aproximava. Uma fina garoa caía do lado de fora, trazendo o aroma característico da terra molhada. Julian Stalker havia esquecido o encontro, mas ao fechar a porta do antiquário uma sensação estranha tomou conta de seu coração. Já na calçada, ele pensou em voz alta:

— Não há nada a perder indo lá. Vou ouvir o que ele tem a dizer e, em seguida, vou embora. Espero nunca mais cruzar caminho com aquele sujeito estranho...

Julian Stalker morava em Vila Rica, uma cidadezinha pitoresca localizada no coração de uma região montanhosa, cercada por paisagens naturais deslumbrantes.

Com suas ruas sinuosas e casas coloniais, Vila Rica preserva o charme de uma época passada. As casas da cidade são uma mistura de estilos coloniais, com fachadas de pedra, telhados de telhas e janelas de madeira.

A Igreja Matriz, um ícone da cidade, é uma estrutura imponente com uma torre alta e um relógio. A Praça Central é o coração da cidade, com uma fonte de água cristalina e um jardim florido. Os jardins públicos são perfeitos para passeios relaxantes. Lojas de artesanato, cafés e restaurantes oferecem produtos locais e culinária típica. O Mercado Municipal é um ponto de encontro para produtores e consumidores.

Vila Rica é conhecida por suas festas folclóricas, como a Festa do Divino Espírito Santo. A cidade também abriga um museu histórico que conta sua rica história. A cidade é cercada por montanhas, rios e cachoeiras, oferecendo opções de trilha, pesca e observação de pássaros.

Vila Rica é um refúgio para quem busca tranquilidade, beleza natural e hospitalidade. Seja para relaxar ou explorar, essa cidadezinha encantadora tem muito a oferecer.

Antes de se encontrar com Axel Ventura, ele fez uma parada na padaria de Dona Cecília, seu ponto de partida diário para um doce especial. Embora alguns dissessem que sua frequência era devido à beleza da filha de Dona Cecília, uma jovem encantadora de cabelos loiros cacheados, olhos azuis e sardas que iluminavam seu rosto.

— Boa tarde, Dona Cecília! Como está hoje?

— Boa tarde, Julian! Estou bem, obrigada. Já ia fechar a padaria, estava apenas esperando por você.

— Desculpe o atraso, Dona Cecília. Vim buscar meu doce.

— Claro, meu jovem. Já está embalado e pronto para levar.

— Muito obrigado, Dona Cecília! Você é sempre muito gentil.

— Volte sempre, Julian.

— Volto, sim, Dona Cecília.

Nesse momento ele olha para cima e vê Sophia descendo as escadas.

— Ah, Sophia! Boa tarde! Como você está?

— Boa tarde, Julian! — ela disse sorrindo. — Estou ótima agora que estou aqui com você! Estava com saudades, por onde andou?

— Trabalhando muito, apenas isso. — E continuou. — Tenho de ir agora, tenho um compromisso, depois nos falamos.

— Posso saber aonde vai com tanta pressa? — indagou a jovem, desconfiada. É uma moça a razão dessa correria toda?

— Na-não... — gaguejou Julian Stalker. É um rapaz que está à minha espera, ele disse que tem algo sério para me contar. Pode vir comigo se estiver duvidando...

— Está me convidando, é isso?

— Bom, sim... Claro, se Dona Cecília não se importar.

— Eu me importar? Claro que não. — Dona Cecília respondeu sorrindo e continuou. — Vai logo, criatura, ou vai atrasar o Julian.

No local combinado, Axel Ventura já os aguardava, visivelmente impaciente. Ele andava de um lado para o outro, consultando o relógio com uma frequência quase obsessiva.

— Aquele é seu amigo?

— Ele não é meu amigo, Sophia, eu o conheci hoje mais cedo na loja, na verdade o peguei enquanto tentava esconder algo no bolso.

— Sério? Então temos um ladrão aqui... — disse ela dando uma risadinha e encostando sua cabeça no ombro do rapaz.

— Pois é, mas ele me disse que iria apenas pegar emprestado e depois devolveria.

— E você acreditou nele, Julian? Ele pode ser perigoso, já parou para pensar nisso?

— Claro que eu pensei nisso, Sophia, por isso marquei esse encontro aqui na praça, tem muita gente aqui, creio que ele não fará nada com tanta movimentação.

— Espero que você tenha razão...

Ao se aproximar de Axel, ele imediatamente lhe perguntou, como se parte de sua vida dependesse daquela resposta:

— E aí, trouxe o documento?

— Calma, rapazinho, por que tanta pressa, deixe-me lhe apresentar minha amiga primeiro. — E começou. — Essa é Sophia Patel, minha melhor amiga.

— Muito prazer, Sophia, meu nome é Axel Ventura e desculpe o mau jeito.

— Não se preocupe, senhor Axel, às vezes sou ansiosa também — respondeu ela com um belo sorriso.

Estendendo a mão com o intrigante documento, Julian, com semblante sério, disse a Axel:

— Aqui estamos nós. Agora, explique: o que há de tão valioso nesse pedaço de papel que vale a pena correr o risco de ser preso por roubo?

— Não iria roubar, já lhe disse, meu amigo, era apenas um empréstimo...

— Amigos? Agora somos amigos? — indagou Julian com um olhar desconfiado.

— Acho que somos, sim, do contrário você nem perderia tempo de vir a esse encontro!

— Concordo com ele, Julian.

— Agora você está do lado dele, mocinha?

Sophia não disse mais nada, apenas olhou para o rapaz com olhar de admiração e sorriu.

Eles estavam parados na calçada, sob a luz fraca de um poste de iluminação. Axel examinava o documento com atenção, usando uma lupa para analisar cada detalhe. O papel amarelado pelo tempo parecia delicado em suas mãos. O ruído da rua ao redor era constante, mas Axel parecia ignorá-lo, concentrado em sua tarefa.

Vinte minutos se passaram e Axel continuava a estudar o documento, enquanto Julian começava a perder a paciência.

— Axel, quanto tempo mais você vai demorar? Estou ficando louco aqui! —reclamou Julian, olhando em volta para a rua movimentada.

As pessoas passavam por eles rapidamente, indo e vindo de suas atividades diárias. O som de carros e conversas preenchia o ar, mas Axel parecia distante, absorto em seu mundo de investigação.

— Não tem nada aí, já olhei dezenas de vezes — disse Julian impaciente.

— Tem certeza disso, Julian? Veja aqui essa assinatura...

— Assinatura? Não tem assinatura nenhuma aí, tudo o que vejo é parte de um nome, está rasgado bem em cima, viu aqui?

— Vi, sim, porém, eu sei de quem é essa assinatura...

— E de quem seria, Axel? — indagou a moça.

— Essa assinatura é do famoso gravador Zeferino Ferrez!

— *"Geferino"* o quê?

— Zeferino Ferrez, meu caro amigo — note o "Z" —, era o mais habilidoso gravador de moedas que este país já conheceu, o que o tornou um colaborador precioso para Dom Pedro I.

— Você está falando sério, Axel? Como eu nunca soube disso?

— Julian, apenas meu avô sabia da verdade, e ele a transmitiu para mim. Este documento é uma das páginas misteriosas do diário de Zeferino Ferrez, consideradas perdidas.

— E você sabe dizer onde está o restante do diário e o que mais tem nele?

— De acordo com a história de meu avô, este documento revela o paradeiro de quarenta e oito moedas históricas conhecidas como *"As Peças de Coroação de Dom Pedro I"*, e é exatamente isso que estou determinado a encontrar.

— Mas são só moedas, Axel, você acha que vale a pena esse esforço todo?

— Julian, essas não são moedas comuns, são verdadeiras relíquias. A história revela que elas foram as primeiras cunhadas no Brasil independente, em 1822, ano da coroação de Dom Pedro I. Trata-se de moedas de ouro, com valor facial de 6.400 réis, criadas para serem oferecidas à igreja no dia da coroação, uma tradição dos reis portugueses.

— Uau! Em ouro maciço?

— Sim, Sophia, mas há mais. Essa moeda é a mais rara e cobiçada da numismática brasileira, com apenas dezesseis exemplares conhecidos dos sessenta e quatro produzidos. Sua criação, polêmicas e valor histórico a tornaram uma verdadeira relíquia.

— Você disse dezesseis exemplares, Axel?

— Quando Dom Pedro I autorizou a cunhagem de uma moeda para comemorar sua coroação em 1822, assinada pelo gravador Zeferino Ferrez e produzida pela Casa da Moeda do Rio de Janeiro, não imaginava que isso geraria tanta controvérsia. O imperador detestou o projeto inicial, que o retratava com busto nu e coroa de louros, evocando um ar de imperador romano. Além disso, faltavam as legendas *"CONSTITUCIONALIS"* e *"ET PERPETUUS BRASILIAE DEFENSOR"*. Dom Pedro I pediu que refizessem o projeto, apresentando-o com uniforme militar e medalhas, e ordenou a destruição das sessenta e quatro moedas já produzidas.

— Quantas moedas foram feitas ao todo?

— Conforme disse, foram produzidas sessenta e quatro moedas, meu amigo, e dessas apenas dezesseis são conhecidas, elas estão espalhadas entre museus e coleções particulares.

— Não entendi uma coisa...

— Qual a sua dúvida, Sophia?

— Se Dom Pedro mandou destruir as moedas que ele não gostou, como que existem dezesseis exemplares conhecidos?

— Este é o ponto crucial, Sophia! Zeferino Ferrez, contrariando as ordens, não destruiu as moedas. Em vez disso, ele as manteve em segredo. E, de alguma forma, dezesseis delas surgiram nas ruas, enquanto as demais permanecem um mistério. A última dessas moedas leiloadas atingiu um valor impressionante: R$ 1.300.000,00.

— Não acredito! É sério isso, Axel?

— Sim, senhor Julian Stalker, é um assunto extremamente sério. Qual seria o valor estimado desses quarenta e oito exemplares no mercado atual, considerando a raridade e o valor histórico, caso fossem localizados?

— Uau! Seriam mais de seis milhões...

— Nada disso, Sophia, seriam mais de sessenta milhões de reais...

— E o que estamos esperando? Vamos logo atrás dessas moedas — disse Julian entusiasmado.

— Entende agora, senhor Julian, o motivo para eu querer tanto ver esse documento?

— Claro que entendo, Axel, ouvindo essa história acho que eu faria o mesmo, e por falar nisso, por onde começamos?

— A primeira coisa a se fazer é encontrar o diário de Zeferino Ferrez, nele possivelmente estará a localização exata de onde as peças foram escondidas.

— Não acha que vamos precisar da ajuda de um especialista?

— Como assim, Sophia?

— Sei lá, Julian, tipo um guia, um caçador de tesouros, um arqueólogo, alguém com mais experiência do que a gente.

— Sophia tem razão, Axel, não temos experiência nenhuma com isso que estamos nos envolvendo.

— Já sei! — interrompeu a moça. — Posso chamar minha amiga Zara Saeed, ela é formada em arqueologia e ama história, com certeza ela nos será de grande ajuda.

— Acho melhor não, pessoal.

— Por que não, Axel, qual o problema?

— Seguinte, Julian, quanto menos pessoas se envolverem, melhor, tenho medo dessas informações vazarem.

— Concordo com você, Axel, porém, é uma empreitada grande demais somente para nós três, e sessenta milhões daria ao final de tudo mais de quinze milhões para cada um de nós — disse Julian sorrindo.

— Nisso você tem razão, meu amigo, e a propósito, essa Zara Saeed é de confiança?

— Claro que sim — respondeu Sophia. Eu a conheço desde o jardim de infância, com certeza ela vai nos ajudar!

— Se você está dizendo, quem sou eu para duvidar, senhorita! — respondeu Axel com olhar de esperança.

Após a conversa, eles partiram rapidamente. Julian deveria levar Sophia para casa e depois devolver a página do diário de Zeferino ao antiquário. Aquele pedaço de papel velho sempre estivera ali, mas agora escondia uma história fascinante. Julian se perguntava se encontrariam o diário e as moedas. Será que ainda existiam? As perguntas inundavam sua mente. Ele já começava a sonhar com o dinheiro da venda das moedas, chegando a falar sozinho na rua, como se estivesse negociando com alguém. Um sorriso irônico surgiu em seu rosto.

Malcolm Malice, um homem de aparência sombria, com sobretudo preto e chapéu Fedora, permaneceu invisível atrás de uma árvore. Sua cicatriz no rosto direito revelava um passado turbulento. Ele testemunhou toda a conversa sem ser detectado e desapareceu sem deixar vestígios. Quem era aquele estranho? Estaria também na busca das moedas?

Capítulo 2

A FORMAÇÃO DO GRUPO

Zeferino Ferrez nasceu em uma pequena cidade do interior de Minas Gerais, foi uma criança alegre e curiosa desde sempre. Já na fase adulta se tornou um homem misterioso e solitário. Ele era conhecido por sua habilidade como escultor e sua paixão por escrever. Aos trinta anos de idade foi chamado para ser o gravador oficial de Dom Pedro I, uma posição de extrema honra. Zeferino mantinha um diário secreto, onde registrava seus pensamentos, sonhos, projetos e descobertas.

Após a morte de Zeferino, seu neto, Luís, herdou o diário. Não se importando muito com o que poderia estar registrado nele, o jogou no sótão de sua antiga residência o deixando esquecido lá por gerações, até que um dia vendeu a casa para um senhor chamado Maximiliano Ventura. Ao vasculhar a casa, ele acabou encontrando o diário de Zeferino. Maximiliano descobriu que as páginas estavam repletas de símbolos, códigos e mensagens criptografadas. Sem pensar duas vezes, o senhor Maximiliano arrancou uma das páginas e enviou a seu filho, para que ele pudesse descobrir algo a respeito. O tempo passou e a resposta que Maximiliano esperava jamais chegou, e com sua morte, outra vez o diário caiu no esquecimento.

Muitos anos se passaram, foi quando Axel Ventura entrou na história. Seu pai havia lhe contado a respeito de seu avô e de sua loucura em descobrir tesouros, e sobre uma misteriosa página de um diário que ele lhe havia enviado. Não se importando com nada, o pai de Axel simplesmente doou a página a um antiquário e jamais respondeu às indagações de seu pai, que acabou morrendo sem jamais saber se tinha encontrado algo de valor.

Axel Ventura era um jovem de dezenove anos, vivia em uma cidade pequena com seus pais, Maria e Pedro Ventura. Seu pai havia falecido quando ele ainda era criança. Maria trabalhava como enfermeira para sustentar o filho. Axel sonhava em se tornar um músico. Ele tocava e cantava sempre que podia em festas e reuniões de que participava. Sua música era sua paixão, sua escapada da realidade. Uma noite, após um show, Axel recebeu uma ligação desesperada de Maria. Ela havia sido envolvida em um acidente de carro. Axel correu para o hospital, mas chegou tarde demais. Sua mãe havia falecido. Ele estava sozinho no mundo agora.

Axel ficou devastado. Sua música, sua paixão, não conseguia mais aliviar sua dor. Ele se sentiu sozinho, sem direção. A cidade que antes era cheia de vida agora parecia vazia e silenciosa.

Axel então se lembrou das palavras de seu pai quando ainda era criança, sobre o diário que seu avô havia encontrado. Maria sempre o havia apoiado e com certeza ela queria que ele continuasse a fazer música, que seguisse seu coração e que buscasse seus sonhos. Ele precisou decidir entre seguir seu sonho ou abandoná-lo. E escolheu continuar a fazer música, mas agora, porém, com um propósito diferente, honrar a memória de sua mãe. Seu desejo maior, além da música, era encontrar o diário de Zeferino, e mostrar a todos que seu avô não havia ficado louco, isso foi o que o impulsionou a dar início a essa misteriosa jornada.

Coincidentemente naquela mesma semana era o aniversário de Sophia Patel, e aquilo seria uma ótima oportunidade para convidar sua amiga Zara Saeed para participar, assim, estariam todos eles reunidos pela primeira vez no mesmo lugar.

— Para quem você está ligando, Sophia?

— Para Zara, mãe, vou convidá-la para participar de minha festa, você se importa?

— Claro que não, estou com muita saudades dela também, depois que ela se formou a vejo muito pouco.

— Bom dia! Zara, por gentileza.

— Sou eu, Sophia, não está conhecendo minha voz?

— Desculpa, amiga, realmente não vi que era você, como você está?

— Estou bem, e a que devo a honra dessa ligação?

— Saudades, amiga, e ligando para convidá-la também para meu aniversário, será na sexta!

— Sexta? Mas isso já é amanhã! Uau, como o tempo passou rápido.

— Justamente, Zara. Aproveito para dizer que tenho um assunto muito interessante para tratar com você, então nem pense em faltar.

— Claro que não vou faltar, é o aniversário de minha melhor amiga, e diga logo do que se trata, detesto ficar curiosa.

— Venha que você vai ficar sabendo...

— Fala logo, mocinha, deixa de ser chata... Já sei, finalmente Julian a pediu em namoro?

— Não é isso, Zara, para de tentar adivinhar, amanhã a gente conversa, beijos!

— Está bem, sua chatinha, nos vemos amanhã, e espero que o assunto seja mesmo interessante.

— Claro que é, amiga, até amanhã...

Sophia era uma jovem de vinte e seis anos, vivia desde sempre na pequena cidade de Vila Rica. Ela era conhecida por sua beleza, inteligência e coragem. Sophia sonhava em se tornar uma médica e ajudar as pessoas necessitadas. Um dia, Sophia recebeu a notícia de que sua mãe estava gravemente doente. Os médicos disseram que apenas um transplante de rim poderia salvá-la. No entanto, a família não tinha recursos financeiros para realizar o transplante.

Sophia decidiu se tornar doadora de rim para salvar sua mãe. Ela sabia que seria um processo difícil, mas estava disposta a fazer qualquer coisa para salvar a pessoa que mais amava.

Sophia enfrentou muitos desafios durante o processo de doação. Ela precisou superar o medo, a dor e a incerteza. No entanto, sua determinação e amor pela mãe a mantiveram forte.

O transplante foi realizado com sucesso e a mãe de Sophia, Dona Cecília, se recuperou completamente. A jovem se tornou uma heroína na cidade e inspirou muitas pessoas com sua história.

Amigas mais do que nunca, elas sempre diziam se abraçando. Você é uma parte que saiu de mim, e que depois voltou a viver dentro de mim, agradecia Cecília beijando carinhosamente a filha.

Tudo estava organizado para o aniversário de Sophia, ela passou o dia com sua família, aproveitando cada momento. Ela se sentiu amada e especial, e nunca esqueceria esse aniversário. A noite finalmente chegara e seus amigos também, todos quase ao mesmo tempo.

— Boa noite! Posso falar com Sophia?

— E quem é você, meu jovem?

Foi nesse momento que Sophia chegou correndo no portão dizendo:

— Deixa entrar, mãe, é meu amigo.

Cecília sorriu e acenou para o jovem entrar, e ele estendendo a mão se apresentou respeitosamente:

— Boa noite, Dona Cecília, meu nome é Axel Ventura!

— Prazer, meu jovem, seja muito bem-vindo!

— O prazer é meu!

— Que legal, você trouxe um violão, gosta muito de música, imagino...

— Eu amo tocar e cantar, Dona Cecília!

— Que lindo! Vamos, entre logo, todos já chegaram, só estava faltando você.

Ao entrar, todos os demais convidados já se faziam presentes. A festa estava em pleno andamento, com uma energia contagiante que preenchia o ar. A música pulsante saía dos alto-falantes, fazendo todos quererem dançar. As luzes coloridas e os efeitos especiais criavam um ambiente extremamente aconchegante. O salão estava decorado com balões coloridos e globos de luz, flores frescas e arranjos decorativos, mesas repletas de comida deliciosa e bebidas refrescantes e uma pista de dança brilhante, com espelhos e luzes estroboscópicas.

Os convidados estavam vestidos com trajes elegantes e coloridos, acessórios brilhantes e divertidos foram distribuídos a todos e tudo o que se via eram sorrisos e risadas contagiantes.

Houve várias competições na festa, entre elas competição de dança, jogos de mesa e concursos, além de fotografias com acessórios, era uma careta mais engraçada que a outra. Uma grande variedade de comida internacional, como sushi, pizza e tacos estava sendo servida, bebidas como refrigerantes, coquetéis, sucos e água mineral havia por todos os lados, além das deliciosas sobremesas como bolos, tortas e sorvetes; de fato, aquele foi o melhor aniversário que Sophia já teve!

O tempo passou célere e quando Sophia se deu conta a festa já estava quase no fim, foi quando sua amiga Zara gritou:

— Galera, que tal o Axel cantar uma música pra gente? — Zara então pega a câmera e se prepara para filmar Axel tocando violão. O ambiente está cheio de expectativa e emoção.

Antes que o rapaz tivesse a chance de dizer algo, um coro unânime começou a gritar:

— Canta, canta, canta...

— Pronto, Axel? Vamos filmar você tocando...

Axel sorri e acena com a cabeça. Ele pega o violão e começa a afiná-lo.

— Qual música você vai tocar? — pergunta Zara.

— Uma música que eu compus — Axel responde. — Chama-se *"Lembranças"*, mas antes de cantar essa música eu preciso contar uma pequena parte de minha história para que vocês entendam...

"Era uma noite chuvosa e escura, eu acabara de completar meus dezenove anos e estava fazendo um show em uma cidadezinha vizinha, quando recebi uma ligação desesperada de minha mãe.

"Ela estava dirigindo voltando da casa de minha avó materna; de repente, um carro em alta velocidade invadiu a faixa contrária e bateu no veículo dela. O impacto foi violento, pois o motorista estava embriagado e não conseguiu fazer a curva.

"Minha mãe acordou no hospital com muita dor e confusão e tudo o que ela conseguiu fazer foi me ligar, na esperança de me ver pela última vez. Eu fiquei em choque, eu que já havia perdido meu pai aos onze anos, não conseguia aceitar que minha mãe também havia partido.

"Eu me lembrava de todos os momentos que compartilhamos; brincadeiras, conversas, risadas. Os dias seguintes foram uma névoa de dor e tristeza, pois não conseguia estudar, não conseguia dormir. Minha mãe era minha melhor amiga, minha confidente.

"Minha casa parecia vazia sem a presença de Dona Maria. Eu sentia sua falta em cada canto, em cada objeto, então eu me agarrei às lembranças, às fotos, às roupas dela. Não queria mais tocar e nem cantar. Com o tempo, eu aprendi e ainda estou aprendendo a lidar com a dor.

"Eu entendi que a vida continua, mesmo após uma perda. Certa vez ouvi uma frase que dizia: *"Nós não morremos, estamos apenas no cômodo ao lado"*. Foi então que comecei a me reconstruir, a encontrar novamente sentido na minha vida. Eu decidi honrar a memória de minha mãe seguindo meus sonhos.

"Mãe, eu sinto sua falta todos os dias. Mas sei que você está sempre comigo, em meu coração. Obrigado por tudo o que você fez por mim. Eu vou continuar fazendo você se orgulhar. Um dia vou te abraçar outra vez..." — disse olhando para o alto.

Ao dizer essas tristes palavras, Axel, com os olhos fechados, começou a dedilhar seu violão e a cantar. Uma música doce e suave que parecia rasgar a alma:

Mãe, você é meu porto seguro,

Meu refúgio, meu amor verdadeiro.

Com você, eu me sinto em casa,

E nunca me sinto sozinho.

Mãe, eu te amo mais que tudo,

Você é meu anjo, meu coração.

Em seus olhos, eu vejo o céu,

E sinto-me abençoado.

Você me ensinou a viver,

A ser forte, a não desistir.

Suas palavras de sabedoria

São meu guia, minha inspiração.

Agora que estou crescendo,

Eu quero retribuir

Todo o amor que você me deu,

E fazer você se orgulhar.

Jamais esquecerei você,

Um dia voltarei a te abraçar...

Lembranças é tudo que tenho de ti...

Um silêncio marcante cortou o ar. Sophia estava abraçada à sua mãe, pois sabia que também quase a perdera. Aquele rapaz até então estranho para a maioria dos convidados se tornou alguém mais do que especial. Alguns tentavam disfarçar as lágrimas e viram o quanto eram abençoados por terem a quem amavam por perto. Axel terminou dizendo as seguintes palavras:

— Valorize sua família, pois eles são o seu maior apoio e amor. Juntos, vocês podem superar qualquer desafio e construir uma vida feliz e plena!

Ao finalizar a apresentação, Axel foi aplaudido de pé com gritos de euforia. Foi uma música que ficou marcada na vida de todos os presentes naquela ocasião. Sophia, extremamente emocionada, foi à frente para agradecer-lhe:

— Gostaria de pedir mais aplausos calorosos para você, que nos presenteou com uma melodia sublime! Sua habilidade em tocar, Axel, é um dom de Deus, um presente para nossas almas. Cada nota, cada acorde, ressoou profundamente em nossos corações. Rapaz, seu talento é um tesouro, um patrimônio a ser compartilhado. Você nos fez sentir, nos fez sonhar, nos fez vibrar! Sentimos a sua dor, e pode ter certeza, rapazinho, música é o que resta quando as palavras não são suficientes, você é um verdadeiro artista, um criador de emoções. Obrigado por tocar com paixão, compartilhar seu talento, nos fazer sentir vivos, continue a criar, continue a tocar, continue a inspirar! Bravo!

Mais uma vez os convidados ficaram eufóricos e começaram a aplaudir sobre os gritos de bravo... Aquela foi uma noite para ser eternizada em cada coração.

Após todos irem para seus lares, restara agora a reunião dos quatro jovens a respeito de suas descobertas. Zara Saeed era a única que não estava a par de nada do que seria falado, porém, mesmo que ela não soubesse ainda, era uma peça-chave para aquilo que os demais membros do grupo tinham em mente.

Zara Saeed, apesar da pouca idade, era uma arqueóloga determinada e apaixonada, sempre foi fascinada pelo mistério do passado. Nascida em Vila Rica, Minas Gerais, Zara cresceu ouvindo histórias sobre civilizações antigas que floresceram na região. Aos vinte e cinco anos, Zara se formou em arqueologia pela universidade de Karachi. Seu primeiro projeto de campo a levou às ruínas da cidade antiga de Moenjodaro, no Vale do Indo. Lá, ela descobriu sua paixão pela história e cultura da região.

Dois anos mais tarde, Zara liderou uma expedição à região do Amazonas, no Brasil, onde descobriu um sítio arqueológico desconhecido. Após meses de escavações, sua equipe encontrou artefatos que datavam de mais de 4.000 anos. A análise dos artefatos revelou uma conexão surpreendente com a civilização Maia. Zara percebeu que essa descoberta poderia reescrever a história na região.

Aos vinte e oito anos, Zara recebeu o Prêmio Internacional de Arqueologia por sua descoberta. Sua pesquisa foi publicada em revistas científicas renomadas e ela se tornou uma autoridade em arqueologia no Brasil.

Hoje, Zara continua sua busca pelos segredos do passado, razão por que sua amiga Sophia Patel a convidou a fazer parte dessa misteriosa jornada em busca das famosas moedas perdidas.

— Boa noite, galera. O negócio é o seguinte. Vamos precisar descobrir a localização do diário para somente depois ver o que vamos fazer — disse Julian entusiasmado.

— Calma aí, Julian, vamos do começo, esqueceu que a Zara nem sabe do que você está falando?

— É verdade, Sophia, me desculpe. E me desculpe também, Zara, é que estou muito empolgado!

— Deu para perceber — disse Zara soltando uma gargalhada.

Foi então que Sophia tomou a frente da conversa e detalhadamente explicou tudo à sua amiga Zara. Ela atentamente prestava atenção em tudo que ouvia. Seria fascinante demais se tudo aquilo realmente fosse verdade. Após dadas todas as explicações, Zara fitou Axel e lhe perguntou:

— Quais são as chances de seu avô estar falando a verdade, Axel? Você confiava nele?

Houve um breve silêncio, até que erguendo a cabeça ele tomou coragem e disse:

— Na verdade eu não o conheci, nunca o vi pessoalmente, tudo o que sei é de cartas que ele me escrevia e de relatos de meu pai...

— Como assim não o conheceu, Axel? — indagou Julian colocando-se de pé.

— É exatamente isso que você ouviu, Julian. Meu pai sempre me proibiu de ter contato com ele, pois dizia que ele havia ficado louco e que não era uma boa companhia.

— Mas e as cartas, por que ele as deixava ler?

— Não era ele, era minha mãe que as pegava escondidas quando ele saía para trabalhar e me deixava ler.

— Deixa eu ver se entendi direito — disse Julian andando ao redor da mesa. — Você quer ir atrás de um tesouro baseado em cartas que você leu quando era criança, vindas de uma pessoa que você nunca viu na sua vida? E você acreditou nele?

— E o que mais eu tinha, Julian? E, para falar a verdade, foi o que eu resolvi acreditar.

— Calma aí, Julian — interrompeu Zara. — Vamos com calma. Quais são as informações que temos até agora?

— Vejamos... Temos uma página do diário de Zeferino e agora sabemos das cartas que o avô de Axel lhe escrevia — respondeu Sophia.

— Ótimo. Vamos fazer o seguinte, vamos procurar as cartas que Axel recebeu, provavelmente elas têm endereço, elas serão nosso ponto de partida. Quando descobrirmos de onde foram escritas, as chances de sabermos o passo seguinte serão muito maiores.

— Zara tem razão, pessoal, faremos isso então, mas creio que ficará para amanhã, já é tarde e precisamos descansar, hoje o dia foi incrível e estou louca para descansar — disse Sophia sorrindo.

Capítulo 3

RUÍNAS

No dia seguinte, por volta das oito da manhã, todos já se encontravam reunidos na Praça de Vila Rica, Zara havia ligado para Sophia dizendo para não se atrasar, isso gerou certa euforia na moça, que, por sua vez, ligou para os amigos Julian e Axel. Aquele prometia ser um grande dia.

— Vejam como o céu está lindo, pessoal! — disse Sophia olhando para o alto.

Ela tinha mesmo razão. Aquela manhã parecia uma tela de quadro pintada minuciosamente com os tons mais lindos que alguém poderia escolher. O céu se pintou de cores vibrantes, um verdadeiro espetáculo de beleza infinita. O sol nasceu tímido, no horizonte, sua luz banhou a terra, radiante, sua luz passava por entre as folhas das árvores fazendo com que parecessem moedas jogadas no chão. As nuvens, rosadas e douradas, dançavam ao vento, suaves e leves. O ar estava fresco, cheio de vida, e o mundo despertava, renovado!

No céu azul, um espetáculo se desenrola, pássaros voam em uma dança celestial, com asas rápidas eles cortam o ar, deixando rastros de beleza inigualável! Seus gritos alegres ecoam pelo espaço em um coro de alegria sem fim.

A natureza despertou, cantos de pássaros, flores abertas, o rio brilhava, como um espelho, refletindo a beleza do amanhecer.

O mundo estava em silêncio, aguardando o novo dia. E então o sol se ergueu, e a luz inundou tudo! Um amanhecer lindo, cheio de esperança e renovação. Um novo dia começara, e tudo parecia possível aos olhos desses quatro jovens esperançosos!

— Então vamos lá, pessoal, qual o próximo passo devemos dar?

— Creio que devemos ver as cartas que Axel recebeu, Julian, e acho que todos concordam com isso.

— Você tem razão, Zara.

— Então, Axel, você ainda tem as cartas?

— Tenho, sim, Julian, só precisamos encontrar elas em minha casa; depois que minha mãe faleceu, eu nunca mais desci no porão, mas podemos ir lá agora mesmo se quiserem.

— É claro que queremos, Axel, é só nos mostrar o caminho — disse Sophia colocando-se de pé.

Seguiram então em direção à casa de Axel, na esperança de encontrarem as cartas que seu avô havia escrito para ele.

E mais uma vez o estranho Malcolm Malice escutara a conversa que tiveram, sem que eles percebessem.

Malcolm Malice era conhecido como O Senhor da Maldade, homem de aparência sinistra e aterrorizante. Sua face é marcada por uma cicatriz profunda e irregular, que se estende desde a têmpora direita até o queixo, como um relâmpago da maldade. Seus olhos escuros e penetrantes parecem queimar com uma intensidade maligna, enquanto seu sorriso cruel revela uma sede insaciável de poder e destruição.

Seu cabelo preto e desalinhado cai sobre a testa, enquadrando seu rosto anguloso e pálido. A cicatriz parece pulsar com uma energia sombria, como se fosse um lembrete constante de sua própria maldade.

Malcolm veste um sobretudo preto e elegante, que contrasta com a brutalidade que emana de sua presença. Cada movimento seu é calculado e preciso, revelando uma mente cruel e calculista. A aura de Malcolm é de puro mal, e aqueles que o cercam podem sentir o peso de sua maldade. Ele é um homem sem escrúpulos, disposto a fazer qualquer coisa para alcançar seus objetivos. Ele já matou antes e não sem importaria em fazê-lo outra vez. Para a infelicidade dos quatro jovens, Malcolm estava atrás das mesmas moedas desaparecidas que eles procuravam...

— Chegamos, pessoal. Antes de entrar, quero pedir algo a todos vocês...

— Diga, Axel, não se preocupe.

— Obrigado, Zara. É o seguinte, todos vocês sabem que eu moro sozinho, então não reparem na bagunça, prometo que vou tirar um tempo para arrumar isso.

— Para com isso, Axel, deixa de ser bobo, não estamos aqui para te criticar, não se preocupe — respondeu Zara colocando as mãos sobre o ombro do rapaz.

A casa de Axel estava escondida atrás de uma cortina de árvores, em uma rua secundária de Vila Rica. Sua fachada simples e modesta não revelava o tesouro que guardava dentro. O telhado de madeira, com suas telhas irregulares, parecia um chapéu desgastado, protegendo a família que morava lá. As janelas, pequenas e quadradas, brilhavam como olhos castanhos, observando o mundo exterior.

Dentro, a casa era um refúgio de calor e conforto. O sofá de chita, o rádio antigo e a mesa de madeira rústica criavam uma atmosfera acolhedora. Cada objeto tinha uma história, cada canto um segredo. A cozinha, com seu fogão a lenha e sua mesa de trabalho, era o coração da casa. Quantas vezes o cheiro de pão e café recém-torrado enchera aqueles ares fazendo com que todos se sentissem em casa?

A família de Axel era simples, trabalhadora e cheia de amor. O pai, um carpinteiro, construiu a casa com suas próprias mãos. A mãe, Dona Maria, uma dedicada enfermeira, criou o filho com carinho. Axel, por sua vez, se tornou músico e um sonhador! Sim, aqueles muros guardavam segredos!

A casa de Axel era mais do que um abrigo, era um lar! Um lugar onde se compartilhavam risos e lágrimas, onde se construíam memórias e se cultivava o amor. À noite, quando a família se reunia ao redor do rádio, ouvindo histórias e música, a casa parecia crescer, expandindo seu coração e sua alma. E quando o vento soprava forte, o telhado de madeira rangia, como se estivesse cantando uma canção de agradecimento.

—Vamos, podem entrar, a casa é de vocês!

—Obrigado, meu amigo — respondeu Julian.

Restara saber onde o pai de Axel havia escondido as cartas. A busca foi longa, mas eles estavam determinados a encontrar. Eles procuraram em cada canto da casa, revirando gavetas e caixas, olhando atrás de quadros e móveis. Não encontraram nada, mas não desistiram.

Subiram então até o quarto onde Maria dormia, notaram então uma pequena fresta entre o espelho e a parede. Algo brilhava lá dentro. Empurraram o espelho e encontraram uma caixa de madeira muito bem escondida. Dentro da caixa, havia uma pilha de cartas amareladas, atadas com um fio. Eram as cartas do avô de Axel. O rapaz sentiu um arrepio ao segurar as cartas, imaginando as histórias que elas contavam.

As cartas por si só já eram um tesouro, cheias de amor, saudade e esperança. Com a autorização de Axel os jovens leram todas elas, chorando e sorrindo ao mesmo tempo.

— Pessoal, encontrei uma carta específica, escrita no dia do casamento dos meus avós.

—O que ela diz, Axel? — indagou Zara.

— O meu avô descreve a minha avó como "a luz da sua vida" e promete amá-la para sempre.

— Uau! Que lindo, agora sei de quem você puxou esse talento todo, rapazinho — disse Zara sorrindo.

As cartas escondidas revelavam muito mais do que apenas um tesouro material, elas revelavam um amor eterno, que transcendeu o tempo e a distância. Todos se sentiram gratos por terem encontrado essas relíquias do passado.

— Eu sempre me lembro do meu avô, um homem sábio e bondoso, que me escrevia histórias fascinantes sobre sua vida. Ele foi um viajante incansável e sonhador, explorando o mundo e coletando experiências inestimáveis. Mas havia algo que ele nunca compartilhou comigo...

— E o que seria, meu amigo?

— Ele nunca me disse nada sobre essas moedas perdidas, apenas meu pai em raras ocasiões falava a respeito, porém, sempre dizia que meu avô estava fora de si, eu nunca acreditei que isso fosse verdade, tenho certeza que o vovô sabia mais do que a maioria das pessoas.

— Concordo com você, Axel, e pode ter certeza, se essa história for verdadeira, vamos encontrar esse tesouro.

Tudo transcorria perfeitamente, porém, às oito horas da noite, um barulho estranho ecoou pela casa. Axel, que estava no sofá, sentiu o calor aumentar e viu chamas saindo da cozinha.

— Fogo! — gritou ele, pulando do sofá.

Os amigos correram para a porta, mas ela estava trancada. As chamas se espalharam rapidamente, consumindo tudo em seu caminho.

— Encontrem uma janela! — gritou Sophia.

Julian e Zara encontraram uma janela no quarto de Maria e a abriram. O ar fresco entrou, mas as chamas também.

— Vamos! — gritou Julian, ajudando os amigos a saírem pela janela.

— Aonde você vai, Zara, volte aqui — gritou Sophia em pânico.

Zara havia sumido entre as chamas e instantes depois ela reapareceu correndo, ela era a última a passar pela janela. No entanto, Zara ficou presa na janela, seu cabelo pegando fogo. Axel a puxou para fora, salvando-a.

Fora da casa, os amigos se abraçaram, chorando e tremendo de medo.

— Isso não foi um acidente — disse Julian, olhando a casa em chamas. — Alguém fez isso de propósito.

Instantes depois uma multidão se aglomerava próximo a casa, bombeiros também vieram além de uma ambulância para socorrer possíveis vítimas.

Os quatro amigos, Julian, Sophia, Zara e Axel, estavam no hospital, recebendo tratamento após escaparem do incêndio criminoso. Eles estavam abalados, mas gratos por terem sobrevivido.

— Zara, onde você estava com a cabeça quando voltou para dentro daquela casa em chamas? — indagou Sophia.

— Não podia deixar as cartas se queimarem, sei que me arrisquei, mas graças a Deus deu tudo certo.

Julian, com queimaduras leves no braço, estava sentado na cama, olhando para os amigos:

— Vai ficar tudo bem, nós sobrevivemos!

Sophia, com um curativo na testa, sorriu.

— Sim, e agora vamos encontrar quem fez isso.

Axel com um braço enfaixado concordou.

— Vamos fazer justiça!

Sophia, com olhos vermelhos de chorar, disse:

— Eu estou apenas grata por termos saído vivos.

O médico entrou no quarto, sorrindo.

— Vocês estão todos bem. Vão precisar de alguns dias de descanso, mas vão se recuperar.

Axel perguntou:

— O que aconteceu com a casa?

O médico respondeu:

— A casa foi destruída, está em ruínas, mas a polícia está investigando, eles vão encontrar quem fez isso.

— Espero que sim, aquela casa era tudo o que restava do meu passado.

Os amigos se olharam, unidos em sua determinação.

Capítulo 4

A MANSÃO DO LAGO

O céu estava pintado de tons suaves de rosa e laranja, como se um artista divino estivesse criando uma obra-prima. O sol começou a surgir no horizonte, seu brilho gradualmente iluminando a paisagem. A névoa matinal se ergueu, revelando uma visão deslumbrante. As montanhas distantes estavam cobertas de uma camada de grama brilhante, enquanto os vales abaixo estavam envoltos em uma bruma etérea.

O ar estava fresco e limpo, com um toque de frio que fazia os pulmões se expandirem. À medida que o sol subia mais alto, as cores do céu se intensificaram. O rosa se transformou em coral, o laranja em dourado. O mundo estava sendo recriado, renascendo de uma noite tão singular, onde os quatro jovens quase haviam perdido suas vidas.

O som dos pássaros cantando preenchia o silêncio, uma sinfonia de alegria e renovação. No céu azul, uma dança aérea se desenrolava. Um bando de pássaros, com asas elegantes, revoava em uníssono. Suas formações geométricas mudavam a cada instante, criando um espetáculo de beleza e harmonia.

O som de suas asas, um sussurro suave, preenchia o ar. O vento os levava, e eles se deixavam levar, livremente, sem resistência. A luz do sol refletia nas suas penas, criando um efeito de iridescência. Azul, verde, violeta e ouro dançavam no céu. Um pássaro se destacava, liderando o grupo com graça e precisão. Os outros o seguiam, confiando em sua direção. Juntos, eles criavam uma sinfonia de movimento, uma coreografia aérea que inspirava admiração.

O voo dos pássaros era uma metáfora da liberdade, da harmonia e da beleza da natureza.

Um raio de sol tocou a face de Sophia Patel, que estava parada no topo de uma colina, fechando os olhos e sentindo o calor em sua pele. Ela sorriu, sentindo-se viva e conectada ao universo.

"Este é o momento mais lindo do dia", pensou ela. "O amanhecer, quando tudo é possível e o mundo está cheio de promessas."

Ela abriu os olhos e olhou para o horizonte, sentindo-se grata por testemunhar essa beleza. O amanhecer era um lembrete de que cada dia é uma nova chance, um novo começo.

— Não posso acreditar que estamos aqui — disse Julian Stalker sacudindo a cabeça.

— Sim, é um milagre — concordou Sophia.

Axel Ventura ergueu seu braço enfaixado:

— E estamos todos bem, isso é o que importa.

Zara sorriu, seus olhos brilhando:

— Nós somos uma família, nada pode nos separar, e obrigado por salvar minha vida, Axel, foi muita coragem sua!

— Sei que você faria o mesmo por mim, ou por qualquer outro aqui, Zara.

Eles se abraçaram, sentindo a emoção da sobrevivência. O incêndio havia sido um teste, mas eles haviam passado juntos.

— Vamos aproveitar cada momento — disse Julian. — A vida é preciosa demais para ser desperdiçada.

Sophia assentiu.

— E vamos sempre estar aqui um para o outro!

Julian sorriu.

— Sempre!

Zara acrescentou:

— E nunca vamos esquecer a noite passada, ela nos ensinou a valorizar a vida.

Os quatro jovens se olharam novamente, sentindo uma conexão profunda. Eles sabiam que sua amizade era indestrutível.

— Obrigado por estarem aqui — disse Axel, sua voz estava emocionada.

— Sempre, meu amigo — respondeu Zara.

Eles se abraçaram novamente, sentindo a felicidade de estar vivos e juntos.

Os quatro amigos, Julian, Sophia, Zara e Axel, saíram da colina determinados a encontrar respostas sobre o incêndio que havia quase custado suas vidas. Eles estavam decididos a descobrir quem estava por trás do ataque.

— Vamos começar pelo início — disse Julian enquanto caminhava pela rua. — Quem poderia querer nos machucar?

— Não faço a menor ideia, Julian — respondeu Sophia.

Eles chegaram à casa de Julian, onde começaram a pesquisar e fazer ligações. Zara estava no computador, procurando informações sobre o incêndio, enquanto Sophia verificava as câmeras de segurança da área.

— Encontrei algo! — exclamou Zara. — Um testemunho de alguém que viu um carro suspeito sair em disparada, ele estava próximo da casa na noite do incêndio.

— Tem alguma descrição do carro, Zara? — indagou Julian.

— Diz aqui: "Era um veículo de duas portas, com características distintas, uma BMW cor preta e sem placas".

— Excelente, isso é uma pista, vamos investigar — disse Axel.

Ninguém naquela região tinha um carro desse tipo; logo, seria fácil de encontrar. Eles saíram da casa e começaram a seguir a pista, visitando lojas e restaurantes da área. Quando eles estavam quase perdendo as esperanças, uma luz surgiu de onde eles menos esperavam.

— Boa tarde, Dona Isadora.

— Boa tarde, meus jovens, soube do que aconteceu, graças a Deus vocês estão bem.

— Estamos bem, sim, fico feliz que tudo tenha dado certo.

— Já pegaram os responsáveis, Julian?

— Ainda não, Dona Isadora, tudo o que sabemos é que o suspeito estava em uma BMW preta e sem placa, já procuramos pela cidade inteira, mas ninguém viu nada.

— Meu Deus! — exclamou ela, levantando-se da cadeira. — É o mesmo carro que vi hoje pela manhã. Eu estava aqui sentada em minha varanda, quando ele passou em alta velocidade.

— E a senhora viu para onde ele foi? — perguntou Axel.

— Não vi para onde ele foi, mas vi de onde ele saiu, meu jovem, foi da casa abandonada do final dessa rua.

— A Mansão do Lago? Mas não mora ninguém lá há mais de cinquenta anos — disse Sophia.

— Dona Isadora, você é uma verdadeira heroína, sua observação pode nos levar ao responsável pelo incêndio — disse Julian entusiasmado.

— Não sou heroína, apenas uma velha curiosa e observadora, e estou muito feliz em poder ajudar — respondeu sorrindo.

— Deixa disso, Dona Isadora, você sempre foi uma fonte de inspiração para nós, sua sabedoria e bondade são inigualáveis, jamais vou me esquecer de que você foi minha primeira professora! — disse Sophia.

— Vocês são muito gentis, quero apenas ver a justiça feita, o incêndio poderia ter sido um desastre.

— Nós vamos encontrar quem fez isso, Dona Isadora, eu prometo.

— Eu sei que vocês vão, vocês têm coragem e determinação, e sempre terão meu apoio — disse Dona Isadora olhando para os jovens.

— Obrigada, Dona Isadora, você significa muito para nós — disse Zara.

— Vocês também significam muito para mim. Agora vão! Encontrem o responsável e tragam paz para nossa comunidade.

Os jovens se levantaram, abraçaram Dona Isadora e partiram para continuar sua investigação. Seguindo a pista de Dona Isadora, eles chegaram a uma trilha que os levou a uma casa abandonada na periferia da cidade.

— Este é o lugar — disse Axel. — Vamos entrar e ver o que encontramos.

— Então essa é a famosa Mansão do Lago? — disse Axel olhando para sua fachada.

Com coragem e determinação, os quatro amigos entraram na casa, prontos para enfrentar o que quer que encontrassem.

A mansão abandonada erguia-se como um monstro adormecido, suas paredes cobertas de videiras e musgo. As janelas, antes brilhantes e cheias de vida, agora estavam quebradas e opacas, como olhos cegos.

A porta principal, uma vez majestosa, agora pendia torta, como se estivesse prestes a cair. O madeirame estava podre e rachado, exalando um cheiro de decadência.

No interior, o ar estava pesado e viciado. Cobertas de poeira e teias de aranha, as mobílias antigas pareciam fantasmas de um passado esquecido.

O chão rangeu sob os pés, como se protestasse contra a invasão. As paredes estavam repletas de retratos antigos, com olhos que pareciam seguir os visitantes.

No andar superior, os quartos estavam vazios e silenciosos, como câmaras mortuárias. Os armários estavam abertos, revelando vestígios de vidas passadas.

No porão, a escuridão era total. O cheiro de mofo e podridão era sufocante. Parecia que o tempo havia parado ali, preservando o horror e o abandono.

Fora, o jardim estava selvagem e desordenado, com ervas daninhas e árvores mortas. Um lago estagnado refletia a mansão, outrora cheio de vida, agora era como um espelho de morte.

A mansão abandonada era um lugar onde o tempo havia sido esquecido, onde a vida havia sido sufocada pela decadência e o abandono.

Enquanto os quatro amigos exploravam a mansão abandonada, eles ouviram um barulho vindo do andar superior. Parecia que alguém estava caminhando pelos corredores.

— Quem pode ser? — sussurrou Sophia.

— Não sei — respondeu Julian —, mas vamos descobrir.

Eles subiram as escadas e encontraram uma figura encapuzada no corredor.

— Quem é você? — perguntou Zara assustada.

A figura não respondeu. Em vez disso, ela se aproximou dos amigos e revelou seu rosto.

Era uma jovem mulher com olhos verdes brilhantes e cabelos pretos. Ela parecia familiar, mas os amigos não conseguiam lembrar onde a haviam visto antes.

— Meu nome é Emily — disse ela. — Eu estava aqui esperando por vocês...

— O que você quer dizer com esperando vocês? — indagou Axel.

— Vocês estão procurando respostas sobre o incêndio, eu posso ajudá-los — disse ela sorrindo.

Os amigos se entreolharam, intrigados.

— Como você pode nos ajudar? — perguntou Julian.

Emily hesitou antes de responder:

— Eu conheci Malcolm Malice, eu sei seus segredos...

— Quem é Malcolm Malice, senhorita? — indagou Zara.

— Ele foi o responsável pelo incêndio que quase terminou com a morte de vocês. Tomem muito cuidado, ele é um ser do mau e está atrás das mesmas moedas que vocês procuram.

— Como você sabe sobre as moedas? — perguntou Axel.

— Tem muita coisa envolvida nisso, meu jovem; é muito maior do que vocês pensam — disse isso e foi saindo.

— Ei, espere, e quanto a esse Malcolm Malice, onde ele está? — perguntou Sophia nervosa.

Emily olhando por cima do ombro disse:

— Não se preocupem com ele, pelo menos por enquanto; ele não está mais aqui em Vila Rica. — Após dizer isso, ela sumiu entre as árvores do bosque.

— Que mulher estranha, você entendeu alguma coisa do que acabou de acontecer aqui, Sophia?

— Claro que não, Julian. Ela parecia que já estava nos esperando aqui...

— Agora me lembrei, ela era a enfermeira que estava em nosso quarto! — disse Zara.

— Quem? Essa mulher que encontramos aqui? — indagou Axel.

— Sim, exatamente! Ela era a enfermeira que estava em nosso quarto no hospital. Por isso ela foi extremamente atenciosa, tentando arrancar o máximo de informações de nossa parte.

— E você acha que ela está envolvida no incêndio? Acha que ela sabe das cartas de meu avô?

— Sim, eu tenho certeza. Ela deve ter estado lá para nos impedir de descobrir a verdade.

— Isso é grave. Nós precisamos contar para a polícia — disse Sophia.

— Eles já estão investigando o incêndio. Precisamos dar-lhes essa informação.

— Acho melhor não, Julian, não vamos falar desses detalhes com a polícia, quanto menos pessoas souberem de nossas intenções, melhor.

— Mas e se ela for perigosa? E se ela voltar? — indagou Sophia.

— É claro que ela e esse maluco do Malcolm Malice irão voltar, não vamos deixar que eles nos assustem, se é confusão que eles estão procurando, acho melhor eles se prepararem...

Capítulo 5

EM BUSCA DO PASSADO

A cidade parecia não ter mudado desde a sua partida. As ruas ainda tinham o mesmo cheiro de terra úmida e os prédios antigos ainda mantinham sua imponência. Mas eu sabia que tudo estava diferente. O tempo havia passado e as coisas não poderiam ser mais as mesmas.

Eu caminhei pelas ruas, tentando relembrar os momentos que havíamos vivido ali. Cada esquina, cada praça, cada loja me trazia lembranças de uma época que parecia ter sido há uma vida inteira.

Eu parei em frente à casa onde cresci. A fachada estava diferente, mas o portão ainda tinha o mesmo som quando se abria. Eu me lembrei de como minha mãe costumava me esperar ali, com um sorriso no rosto.

Continuei minha caminhada, passando pelo parque onde eu costumava jogar futebol com você. O campo ainda estava verde, mas as árvores estavam mais altas agora.

Eu me sentei em um banco e fiquei observando as pessoas que passavam. Cada rosto me parecia familiar, mas não conseguia lembrar os nomes. Resolvi voltar para minha humilde casa, na esperança de encontrar você.

Eu me sentei no sofá, olhando para o vazio. A casa estava silenciosa, exceto pelo som do relógio na parede. Meu filho, Pedro, havia saído há horas, e eu não sabia quando ele voltaria.

Nós havíamos discutido novamente. Mais uma vez pelo fato de eu estar procurando por essas moedas. Você queria seguir um caminho que eu não considerava seguro, e eu não conseguia entender por que você não me ouvia.

Eu me lembrei de quando você era pequeno, e como eu o ajudava com os deveres de casa. Você era um menino inteligente e curioso, e eu sempre imaginei que você faria grandes coisas.

Mas agora você estava crescendo e se afastando de mim. Eu sentia que estava perdendo meu filho, e não sabia como recuperá-lo.

Perder sua mãe foi como se o mundo tivesse desabado sobre mim. Ela era minha rocha, meu porto seguro, minha alma gêmea. Sem ela, tudo pareceu perder o sentido.

Eu me lembro do dia em que ela partiu como se fosse ontem. Eu estava ao seu lado, segurando sua mão, sentindo sua fraqueza e sua dor. Eu queria tanto fazer algo para aliviar seu sofrimento, mas não havia nada que eu pudesse fazer.

Quando ela se foi, eu me senti perdido, desorientado. O mundo parecia um lugar vazio e silencioso. Eu não conseguia imaginar como continuar sem ela.

Eu me lembro de pensar: "Como vou viver sem ela? Como vou cuidar de nosso filho sozinho?".

Mas então eu olhei para você e vi a esperança. Você precisava de mim, e eu precisava de você. Eu sabia que tinha que ser forte por você, mesmo que meu coração estivesse partido.

Eu comecei a reconstruir minha vida, passo a passo. Eu aprendi a ser pai e mãe ao mesmo tempo. Eu errei, sim, mas eu aprendi com meus erros.

Mas mesmo com o tempo a dor da perda de Suzanne nunca foi embora completamente. Ela fica lá, escondida, esperando para surgir novamente, rasgando corpo e alma.

E agora, quando eu vejo você crescido, com seu próprio filho, eu sinto uma mistura de emoções.

Eu me levantei e fui até a janela. Olhei para fora, vendo as pessoas passarem pela rua. Eu me senti sozinho e isolado.

De repente eu vi você, meu filho, dentro do carro, com suas malas indo embora, sem nem me dar um adeus, um até breve, você simplesmente ligou o carro e a única coisa que deixou para trás foi a poeira da estrada e um grande vazio no meu peito.

Meu Filho,

Esta carta é um desabafo após sua partida. Eu estou sentado aqui, sozinho, com o silêncio da casa ecoando em meus ouvidos. Sinto uma dor profunda no coração, uma sensação de vazio que não consigo preencher.

Lembro-me do dia em que você nasceu, tão pequeno e frágil. Eu me senti tão orgulhoso de ser seu pai, tão responsável por sua vida. E agora você se foi, seguindo seu caminho.

Eu sei que precisamos discutir, que precisamos resolver nossas diferenças. Mas não consegui. Eu não consegui encontrar as palavras certas, não consegui entender seu ponto de vista.

Agora, estou aqui, sozinho, pensando em tudo o que poderia ter feito diferente. Poderia ter ouvido mais, poderia ter entendido melhor.

Eu me lembro dos dias em que trabalhava desde o amanhecer até o anoitecer, buscando qualquer oportunidade para ganhar mais dinheiro. Tudo o que queria era encontrar essas moedas de ouro, esse tesouro escondido que poderia mudar nossa vida.

Eu sonhava em dar-lhe uma vida melhor, meu filho. Queria que você tivesse tudo o que merecia: uma casa confortável, comida boa na mesa, roupas novas e educação de qualidade.

Meu filho, por favor, deixe-me conhecer meu neto Axel. Eu sei que eu não estive presente como deveria, mas quero consertar as coisas. Quero ser um avô para ele, quero ver ele crescer e aprender. Não me negue essa oportunidade.

Meu filho, eu sei que errei. Eu sei que não fui o pai que você precisava. Mas eu quero ser um avô melhor. Eu quero aprender com meus erros e fazer as coisas certas desta vez

Meu filho, eu te amo. Eu sempre te amei. E quero que saiba que estou aqui, esperando por você, quando estiver pronto para voltar.

Se você estiver lendo esta carta, saiba que estou pensando em você. Estou pensando em nossas memórias, em nossos sorrisos, em nossas lágrimas.

Volte para mim, meu filho. Volte para casa.

Com todo o meu amor; papai.

— Meu Deus! Essa é a carta mais triste que eu já li em toda a minha vida — disse Sophia chorando.

— Sim, Sophia. Meu avô faleceu sete dias depois de ter escrito essa carta, meu pai nunca mais foi o mesmo, menos de um ano depois ele também faleceu, eu tinha apenas onze anos de idade naquela época.

— Sinto muito, meu amigo — disse Julian abraçando Axel afetuosamente.

— Todos nós sentimos, Axel — disse Zara lhe dando um abraço.

Seguiram então em direção ao terminal rodoviário de Vila Rica, cortariam assim todo o centro da bela cidade.

— Não me canso de jeito nenhum dessa cidadezinha, pessoal, ela é mesmo um pedacinho do céu! — disse Sophia sorrindo.

Cidade ímpar no coração de Minas Gerais, com suas ruas de paralelepípedos, ladeadas por casas coloniais com janelas de madeira e portas ornamentadas, transporta você para uma época passada. O sol brilha sobre as pedras, criando um efeito dourado que parece saído de um quadro.

O ar está cheio do cheiro de café fresco e de doces caseiros, que sai das confeitarias e cafés locais. O som de risadas e conversas animadas dos moradores e turistas preenche o ambiente.

Você caminha pela Rua Principal, passando pela Igreja de São Pedro, com sua fachada imponente e torre alta. Em seguida, você vê o Museu Histórico, que guarda segredos e histórias da cidade.

As calçadas estreitas e sinuosas convidam você a explorar as ruas secundárias, onde você encontra lojas de artesanato, galerias de arte e restaurantes típicos.

Em cada esquina, há uma história para ser contada, um segredo para ser descoberto. As ruas de Vila Rica são um convite para se perder na história e na beleza da cidade.

Estavam distraídos, falando sobre os últimos acontecimentos, quando de um lugar distante uma figura enigmática se aproxima. Ela é uma vidente, conhecida por suas visões precisas sobre o futuro.

— Vocês estão destinados a grandes feitos! Mas também enfrentarão desafios inimagináveis.

A vidente pausa, olhando para o céu.

— Axel, você tem um destino especial, você será o líder de um grupo de jovens talentosos que mudarão o curso da história.

Ela se vira para os amigos de Axel.

— Vocês todos têm papéis importantes a desempenhar; juntos, vocês enfrentarão obstáculos e alcançarão grandes conquistas.

A vidente olha para Axel novamente.

— Mas há um preço a pagar, você precisará enfrentar seu maior medo e superar suas próprias dúvidas, terá de fazer uma escolha difícil e crucial em sua jornada, todos devem tomar muito cuidado.

— Senhora, não temos dinheiro para lhe dar... — disse Julian tentando se esquivar.

— Quem disse que quero seu dinheiro, meu jovem? Estou apenas lhes dando um recado, não se preocupem, vocês não me verão mais.

A mulher então some na multidão, deixando os jovens com mais perguntas do que respostas.

— Quem é aquela mulher? — indagou Sophia.

— Não sei, eu nunca a vi antes — respondeu Julian.

Os jovens não faziam ideia, mas essa vidente era chamada de Calantha, ela é uma mulher alta e magra, com cabelos longos e negros que caem como uma cortina de noite ao redor de seu rosto pálido. Seus olhos são profundos e intensos, com um brilho que parece ver além do presente.

Seu vestido é longo e preto, com bordados estranhos que parecem contar histórias antigas. Um xale de lã preta cobre seus ombros, e um colar de pontas negras adorna seu pescoço.

Sua presença é envolvente e misteriosa, como se ela estivesse conectada a um mundo além do nosso. Sua voz é suave e baixa, mas carrega um peso de sabedoria e conhecimento.

Quando ela fala, suas palavras são como um sussurro do passado, revelando segredos escondidos e verdades ocultas. Seu olhar iniciático penetra fundo na alma e revela os mais profundos medos e desejos.

Ela é uma mulher de mistério e enigma, uma guardiã de segredos e uma sacerdotisa do desconhecido.

Inquietos com o acontecido, os jovens começam a questionar se vale a pena continuar nessa jornada.

— A estranha mulher é uma vidente, ela veio para nos alertar sobre um perigo que se aproxima.

— Que perigo, Axel?

— Não sei ainda, Julian, apenas sinto que algo ruim está para acontecer.

— Não acha melhor nós desistirmos dessa caçada e voltarmos para nossas vidas normais? Acho que estamos indo longe demais — disse Sophia.

— Desistir? Isso não é uma opção, Sophia! Mesmo que vocês todos desistam, eu continuarei, não por essas moedas de ouro, mas para honrar a memória do meu avô...

— Axel está certo! Já viemos até aqui, não podemos desistir — respaldou Julian.

— Nós estamos procurando respostas, mas estamos preparados para enfrentar a verdade? — indagou Zara com olhos arregalados.

Após esse estranho acontecimento, eles finalmente chegaram ao Terminal Rodoviário de Vila Rica. O prédio antigo, com sua arquitetura colonial, parecia um ponto de encontro para viajantes de todas as partes.

O terminal estava movimentado, com pessoas entrando e saindo de ônibus, carregando malas e sacolas. O barulho de motores e vozes preenchia o ar.

— Qual o nome da cidade que seu avô morava, Axel? — perguntou Zara.

— Pelo que eu li nas cartas era em uma cidadezinha chamada Vale dos Cristais.

— Uau! Que nome lindo. Já estou ansiosa para conhecer — disse Sophia sorrindo.

— Esse nome evoca uma sensação de mistério, beleza e espiritualidade, imagine uma cidade rodeada por montanhas cristalinas, com ruas pavimentadas com pedras brilhantes e prédios que refletem a luz como se fossem cristais, de fato parece um sonho... — suspirou Zara ao imaginar tamanha beleza.

Depois tomou a frente do grupo e foi falar com a atendente:

— Olá, por favor, eu gostaria de saber quando é o próximo ônibus para o Vale dos Cristais.

— Boa tarde! Infelizmente, não há ônibus direto para o Vale dos Cristais. Você precisa passar por Serra Azul primeiro.

— Entendi. E quando sai o próximo ônibus para Serra Azul?

— O próximo ônibus sai daqui às 19h30min. Você pode comprar o bilhete aqui.

— Sabe dizer o tempo de viagem?

— Daqui a Serra Azul são quase doze horas, e de lá até o Vale dos Cristais, outras nove horas.

— Isso tudo?

— Sim... Mas vai valer a pena, Serra Azul é uma cidade charmosa, conhecida por suas montanhas cobertas de mata atlântica, cachoeiras cristalinas e arquitetura colonial. A cidade é famosa por sua produção de café e chocolate. Quanto ao Vale dos Cristais, é um refúgio para aqueles que buscam paz, inspiração e renovação, e existem lendas de tesouros antigos que foram enterrados lá...

— Tesouros enterrados? — indagou Zara se fazendo de desentendida.

— Sim, tesouros enterrados! No Vale dos Cristais, há lendas sobre tesouros antigos que foram escondidos ou enterrados por civilizações passadas.

— Muito interessante! Obrigada pelas palavras motivacionais, moça, vou querer quatro passagens, por gentileza...

Os quatro jovens se sentaram nas cadeiras da rodoviária, esperando ansiosamente a hora do ônibus chegar. O relógio na parede marcava 13h45.

Axel olhou em volta, observando as pessoas que passavam.

— Eu estou tão ansioso para chegar ao Vale dos Cristais — disse ele.

Sophia sorriu.

— Eu também! Quero ver se os rumores sobre o lugar são verdadeiros.

Julian pegou seu livro da mochila e começou a ler.

— Vamos esperar que o ônibus não se atrase.

Zara fechou os olhos e respirou fundo.

— Estou tão cansada. Espero que o ônibus seja confortável.

De repente, um anúncio pelo alto-falante chamou a atenção deles.

"Ônibus para Serra Azul, com conexão para Vale dos Cristais, está prestes a partir. Passageiros, por favor, dirijam-se à plataforma *três*."

Os jovens se entreolharam, animados.

— É hora! — disse Axel, levantando-se.

Eles se levantaram e pegaram suas mochilas, prontos para embarcar na aventura...

Capítulo 6

O COFRE DOS SONHOS

A viagem estava sendo um verdadeiro sonho. O ônibus serpenteara pelas sinuosas estradas montanhosas, oferecendo vistas deslumbrantes de vales e picos distantes. O sol começara a se pôr, lançando um brilho dourado sobre a paisagem, como se o próprio céu estivesse em chamas.

Os jovens se sentaram confortavelmente em seus assentos, observando o mundo lá fora se transformar em um quadro vivo de cores e texturas. A vegetação densa e verde das montanhas dava lugar a vales amplos e planos, onde o rio serpenteava como uma fita de prata.

O ar fresco e puro da montanha entrava pelas janelas abertas, carregando o perfume de pinheiros e flores silvestres. O som suave do motor do ônibus e o rugido distante do rio criavam uma melodia hipnótica, que parecia embalar os jovens em um estado de tranquilidade.

Axel olhava pela janela, perdido em pensamentos, enquanto Zara se inclinava para observar as nuvens rosa e laranja que se acumulavam no céu. Julian lia seu livro, absorto na história, enquanto Sophia fechava os olhos, deixando-se levar pelo ritmo da viagem.

O ônibus passou por uma ponte suspensa sobre um desfiladeiro estreito, oferecendo uma vista vertiginosa do abismo abaixo. Em seguida, entrou em uma curva fechada, que revelou um vale escondido, onde uma cachoeira cristalina se lançava sobre rochas lisas.

A cada curva, a paisagem mudava, revelando novas maravilhas. Os jovens se sentiam como se estivessem em um mundo mágico, onde a beleza e o mistério se escondiam em cada esquina.

O entardecer, momento mágico em que o dia se despede e a noite se aproxima. E nesse cenário os pássaros se apresentam em todo seu esplendor, penas douradas, vermelhas e azuis se destacam contra o céu rosa e laranja. Trinados suaves, gorjeios melodiosos e até mesmo alguns gritos estridentes se misturam em uma sinfonia celestial, asas batem suavemente, enquanto os pássaros voam em direção a seus ninhos, buscando refúgio para a noite.

A noite começou a cair, e as estrelas apareceram no céu, como diamantes espalhados sobre o veludo negro. O ônibus continuou sua jornada, levando os jovens para o desconhecido, para o Vale dos Cristais, onde segredos, medos e maravilhas os aguardavam.

Dentro do ônibus, os jovens viajantes inclinam suas cadeiras confortavelmente, observando a noite cair pela janela.

— Eu estou tão ansioso para chegar ao Vale dos Cristais. Quero finalmente ver de onde meu avô me escrevia todas aquelas cartas.

— Eu também! Quero ver se encontramos essas moedas perdidas. Você acredita que elas existem realmente? — indagou Zara.

— Não sei, às vezes acho que é mais provável que seja apenas lenda, talvez meu pai estivesse certo, essa expectativa de saber se é verdade ou um mito não te incomoda?

— Mas é justamente isso que torna a viagem tão emocionante! O desconhecido. E se encontrarmos algo incrível? Algo que mude nossa vida — respondeu Sophia.

— Exatamente! E pense em todas as histórias que podemos contar quando voltarmos — disse Zara.

— Vamos não sonhar demais. Vamos apenas aproveitar a viagem — disse Julian.

— Mas é bom sonhar! E quem sabe? Talvez nossos sonhos se tornem realidade — respondeu Sophia fechando os olhos.

Os jovens viajantes dormiram profundamente durante toda a noite, cansados pela longa jornada. O ônibus continuou sua rota, passando por estradas sinuosas e paisagens escuras.

Axel dormia com um sorriso no rosto, sonhando com as moedas perdidas do Vale dos Cristais.

Zara se aninhou em seu assento, coberta por uma manta leve, respirando suavemente.

Sophia apoiou a cabeça na janela, o reflexo da lua brilhando em seu rosto.

Julian se encolheu em seu assento, os olhos fechados, perdido em pensamentos.

O motorista do ônibus, experiente e atento, guiava o veículo com habilidade, garantindo uma viagem segura e confortável.

À medida que a noite avançava, o ônibus passou por pequenas cidades e vilarejos adormecidos, as luzes das casas se apagando gradualmente...

O céu começou a clarear, e as estrelas se desvaneceram. O sol começou a nascer, pintando o horizonte com cores vibrantes.

Os jovens viajantes começaram a acordar, esticando os braços e bocejando.

— Bom dia! Já estamos próximos? — perguntou Axel.

— Eu estou com fome! Quem está pronto para o café? — indagou Sophia.

— Eu estou, vamos parar em algum lugar? — perguntou Julian.

— Sim, eu preciso esticar as pernas — respondeu Zara.

— Não se preocupem, estamos chegando a Serra Azul. Vamos parar para café e descanso — disse o motorista.

Os jovens se entreolharam, animados, prontos para enfrentar o novo dia e as aventuras que os aguardavam.

O ônibus finalmente chegou a Serra Azul, uma cidadezinha encantadora rodeada por montanhas verdejantes e vales profundos. O sol brilhava no céu, iluminando as ruas principais da cidade.

Os jovens viajantes desceram do ônibus, esticando os braços e respirando o ar fresco da manhã. O aroma de café e pão fresco vindo das padarias locais os recebeu.

— Que cidade linda! Eu adoro o clima aqui — disse Axel

— E o cheiro de café! Vamos encontrar um lugar para tomar café — comentou Sophia.

— Eu estou com fome. Vamos procurar um restaurante — disse Julian.

— Eu quero explorar a cidade. Vamos caminhar um pouco — respondeu Zara.

— Vocês têm uma hora para descansar, depois seguiremos para o Vale dos Cristais! — falou-lhes o motorista.

Os jovens se separaram, cada um seguindo seu interesse. Axel e Sophia encontraram uma cafeteria charmosa, onde tomaram café e comeram pão fresco. Julian foi em busca de um restaurante que servisse pratos típicos da região. Zara caminhou pelas ruas principais, admirando as lojas e as pessoas locais.

Depois de uma hora, os jovens se reencontraram no ponto de ônibus, prontos para seguir em frente.

Axel: — Eu estou renovado! O café foi ótimo.

Sophia: — E eu estou satisfeita! O pão fresco foi delicioso.

Julian: — Eu comi um prato típico. Estava muito bom.

Zara: — Eu encontrei uma loja de artesanato. Comprei um presente para mim mesma, eu mereço!

— Vamos partir! O Vale dos Cristais nos aguarda! — chamou o motorista.

O ônibus seguiu em frente, deixando Serra Azul para trás e adentrando as montanhas, em direção ao misterioso Vale dos Cristais. A estrada se tornou mais sinuosa e estreita, com curvas fechadas e declives acentuados.

Os jovens viajantes se sentaram confortavelmente, observando a paisagem mudar. As montanhas se erguiam ao redor, com picos cobertos de uma densa vegetação e vales profundos.

— Estamos quase lá! O Vale dos Cristais é incrível — disse Axel olhando pela janela.

— Eu estou tão ansiosa! Quero ver os cristais — respondeu Zara sorrindo.

— E eu quero saber sobre a história do vale e seus fundadores, eu amo história! — disse Julian.

— Eu estou sentindo uma energia especial. Este lugar é mesmo mágico — respondeu Sophia.

O ônibus passou por uma porta natural de pedra, e o vale se abriu diante deles. O sol brilhava no céu, iluminando os cristais que se erguiam do chão.

Os jovens se levantaram, admirando a beleza do vale. Cristais de todos os tamanhos e cores se erguiam do chão, refletindo a luz do sol.

— Incrível! Eu nunca vi nada igual! — exclamou Axel.

— É como se estivéssemos em um mundo de sonho! — respondeu Zara colocando-se de pé.

O ônibus parou ao lado de uma placa que anunciava: *"Bem-vindos ao Vale dos Cristais"*. Os jovens viajantes desceram, esticando os braços e respirando o ar fresco do vale.

— Então é esse o lugar que seu avô escolheu morar, Axel? É maravilhoso! — disse Zara.

Axel sorriu, sentindo uma mistura de emoções. Ele sempre ouvira histórias sobre o Vale dos Cristais, mas nunca imaginou que um dia estaria aqui, onde seu avô escolheu morar.

— Sim, é incrível! — disse Axel, olhando em volta. Meu avô sempre falava sobre a beleza e a energia especial deste lugar.

Julian se aproximou dele, colocando a mão em seu ombro.

— Ele deve ter sido uma pessoa muito especial para escolher este lugar para viver.

Axel assentiu.

— Ele foi, ele era um homem sábio e gentil, que amava a natureza e a vida.

Sophia e Zara se juntaram a eles, olhando em volta com admiração.

Axel respirou fundo, sentindo a energia do vale. Ele sabia que seu avô havia deixado um legado especial para ele, e agora ele estava aqui, para descobrir o que isso significava.

— Vamos explorar mais — disse Axel, olhando para os amigos.
— Quero descobrir todos os segredos que este lugar tem a oferecer.

Os amigos concordaram, e o grupo seguiu em frente, prontos para descobrir os mistérios do Vale dos Cristais.

A cidade do Vale dos Cristais é uma joia rara, escondida entre as montanhas e vales de uma região remota. É um lugar onde a natureza se mostra em toda sua glória, onde a beleza e a harmonia reinam supremas.

A cidade é composta por casas e edifícios antigos, feitos de pedra e madeira, com telhados de colmo e janelas de madeira esculpida. As ruas são estreitas e sinuosas, com calçadas de pedra e iluminação suave. A arquitetura é uma mistura de estilos, desde o colonial até o moderno, mas tudo se integra harmoniosamente com o ambiente natural.

O Vale dos Cristais é um lugar de beleza única. As montanhas se erguem ao redor, com picos cobertos de uma densa vegetação e vales profundos. Os cristais, que deram nome ao vale, se encontram por toda parte, brilhando ao sol como diamantes. No entanto, há quem diga que os cristais têm um poder mais profundo, capaz de alterar a realidade mesma. Alguns acreditam que os cristais são uma porta para outras dimensões, e que aqueles que os possuem podem viajar pelo tempo e espaço.

As florestas são densas e verdes, com árvores centenárias e uma variedade de flora e fauna. Os rios e cachoeiras são cristalinos, com água fresca e pura.

O clima do Vale dos Cristais é ameno e agradável. Os verões são quentes, mas não extremos, e os invernos são frios, mas não rigorosos. A primavera e o outono são estações de transição, com cores vibrantes e aromas deliciosos.

A cidade do Vale dos Cristais tem uma cultura rica e diversificada. Os habitantes são pessoas simples e acolhedoras, que vivem em harmonia com a natureza. A cidade é conhecida por suas tradições, como a Festa dos Cristais, que acontece todos os anos em junho. A culinária é deliciosa, com pratos típicos feitos de ingredientes locais.

A Cachoeira dos Cristais é uma queda d'água impressionante, com água cristalina e um ambiente natural deslumbrante. O Jardim dos Cristais é um jardim botânico com uma variedade de plantas e flores raras. A Montanha dos Cristais é um pico alto e desafiador, com uma vista deslumbrante do vale, conhecida por muitos como "*a montanha misteriosa*". O Rio dos Cristais é um rio cristalino, perfeito para nadar e pescar.

A economia do Vale dos Cristais é baseada na agricultura, pecuária e turismo. A cidade é conhecida por seus produtos locais, como frutas, legumes e queijos. O turismo é uma atividade importante, com visitantes de todo o mundo que vêm para apreciar a beleza natural e cultural da cidade.

Em resumo, a cidade do Vale dos Cristais é um lugar único e especial, onde a natureza, a cultura e a história se integram harmoniosamente. É um destino perfeito para quem busca tranquilidade, beleza e aventura.

Todos estavam deslumbrados com tamanha beleza, porém precisavam dar continuidade aos seus planos, e para isso precisavam descobrir onde o avô de Axel morava.

Axel se aproximou de um senhor sentado na calçada e o cumprimentou:

— Bom dia, senhor, desculpe incomodar, mas eu estou procurando pela casa do meu avô, ele morava aqui no Vale dos Cristais.

— Bom dia, meu jovem! Posso saber qual era o nome dele?

— Claro! Ele se chamava Maximiliano Ventura Delgado, era mais conhecido por "*Max*", foi casado com Eleonora Ventura Delgado...

— E posso saber o seu nome?

— Me chamo Axel Ventura Delgado, meu senhor!

— Ah, sim! Eu conheci a família do seu avô. Eles eram pessoas muito respeitadas aqui no vale. O que você quer saber sobre a casa dele?

— Eu gostaria de saber onde ela fica. Eu nunca estive aqui antes.

— A casa do seu avô fica no topo da colina, perto da Cachoeira dos Cristais. É uma casa antiga e bonita, com um jardim lindo.

— E como posso encontrar a casa exatamente?

— Vá até a praça central e siga o caminho que leva à Cachoeira dos Cristais. Depois, vire à direita e siga o caminho até o topo da colina. A casa será a primeira à esquerda.

— Muito obrigado, senhor! Você é muito gentil.

— De nada, meu jovem. Eu sou Silas Ravenwood, um velho amigo da família do seu avô. Se precisar de mais alguma coisa, não hesite em perguntar.

Axel sorriu e agradeceu novamente ao Sr. Silas, sentindo-se grato por ter encontrado alguém que conhecia a história da sua família.

Axel, Zara, Sophia e Julian saíram da praça central, determinados a encontrar a casa do avô de Axel. Eles seguiram as instruções do Sr. Silas Ravenwood, caminhando em direção à Cachoeira dos Cristais.

— É incrível como o vale é bonito! — disse Sophia, olhando em volta.

— E misterioso — acrescentou Zara. — Eu sinto que há segredos escondidos por toda parte.

— Sim, e nós vamos descobrir — disse Axel, sorrindo.

Depois de alguns minutos de caminhada, eles chegaram à bifurcação que o Sr. Silas havia mencionado.

— Viremos à direita aqui — disse Axel, consultando o mapa mental.

Eles seguiram o caminho, que se tornou cada vez mais estreito e sinuoso. A vegetação se fechou ao redor deles, e o som da cachoeira se tornou mais intenso.

— Estamos perto — disse Julian, olhando em volta.

De repente, a casa do avô de Axel apareceu à vista.

— É incrível! — disse Axel, sentindo-se emocionado.

Era uma casa antiga e bonita, com um jardim lindo e uma varanda que dava para a cachoeira, e com uma vista deslumbrante do vale, porém parecia estar abandonada há muito tempo. A casa era isolada em um lugar de mistério e fascínio. Erguia-se como um guardião do passado, com suas paredes de pedra e telhado de madeira, que pareciam contar histórias de gerações passadas.

A fachada estava desgastada pelo tempo, com janelas empoeiradas e uma porta principal que rangia ao vento. No entanto, havia algo de encantador naquela casa, algo que atraía olhares e despertava curiosidade.

A casa era mais do que uma estrutura de pedra e madeira; era um guardião do passado, um testemunho da história. E aqueles que a habitaram deixaram sua marca, sua alma.

— Vamos entrar — disse Sophia, ansiosa.

Eles se aproximaram da casa, sentindo uma mistura de emoções, excitação, curiosidade e um pouco de medo.

A casa do avô de Axel estava abandonada há alguns anos, com sinais de desgaste e negligência. A pintura estava descascada, as janelas estavam quebradas e a porta principal estava pendurada, como se estivesse prestes a cair.

— É triste ver a casa assim — disse Axel, sentindo-se emocionado.

— Sim, parece que ninguém cuidou dela por muito tempo — disse Julian.

Sophia examinou a porta.

— Acho que podemos entrar, mas precisamos ter cuidado.

Zara olhou em volta.

— Não parece que alguém tenha estado aqui recentemente.

Axel respirou fundo e empurrou a porta, que rangeu ao abrir. Eles entraram, encontrando uma atmosfera de abandono e esquecimento.

A casa estava cheia de poeira e coberta de teias de aranha. Os móveis estavam cobertos com lençóis, e as cortinas estavam fechadas, bloqueando a luz do sol.

Dentro, a casa era um labirinto de cômodos sombrios e cheios de memórias. O assoalho rangia sob os pés, e as paredes estavam repletas de retratos antigos, que pareciam observar quem entrava. Cada quarto tinha sua própria história, cada móvel seu próprio segredo.

No sótão, encontravam-se caixas de madeira, cheias de objetos esquecidos: cartas amareladas, fotografias desfocadas e joias antigas. Cada objeto contava uma história, cada história um capítulo da vida daquela casa.

— É como se o tempo tivesse parado aqui — disse Sophia.

Axel começou a explorar, procurando por pistas ou lembranças do avô. Ele encontrou um velho relógio de parede, que ainda funcionava, e um livro de fotos, com imagens da família.

— Olhem isso! — disse Axel, mostrando o livro.

Eles se reuniram ao redor dele, olhando as fotos e lembranças do passado.

Axel olhou fixamente para a foto, surpreso e emocionado.

— Olha, pessoal, é meu pai — disse ele, mal contendo a emoção.

Zara, Sophia e Julian se aproximaram, curiosos.

— Seu pai? — perguntou Zara. — Quando era criança?

Axel assentiu, acenando a cabeça.

— Sim, eu nunca vi essa foto antes. Ele parece tão feliz e inocente, em algum momento depois dessa foto eles se distanciaram...

De repente, Axel encontrou um papel escondido entre as páginas do livro.

— O que é isso? — perguntou Julian curioso.

Axel pegou o papel e examinou.

— Sinceramente eu não sei, só alguns números e letras aleatórios, mas vou guardar, talvez em algum momento possa nos ser útil.

Axel, Zara, Sophia e Julian continuaram explorando o interior da casa abandonada, procurando por mais pistas e lembranças da família.

— Este lugar é incrível! — disse Julian, olhando em volta. — Mas também é um pouco assustador.

— Sim, parece que ninguém morou aqui por muito tempo — concordou Sophia.

Axel entrou em uma sala ao lado, que parecia ter sido um escritório. Havia um velho bureau com gavetas fechadas e uma cadeira de madeira.

— Olhem isso — disse Axel, abrindo uma gaveta.

Axel abriu a gaveta e encontrou um velho diário encadernado em couro. O nome *"Zeferino Ferrez"* estava gravado na capa.

O diário de Zeferino Ferrez revelava detalhes fascinantes sobre a vida cotidiana em 1822.

Axel leu em voz alta: *"10 de janeiro de 1822... Hoje, eu fui ao mercado em São Paulo e comprei alguns suprimentos para a fazenda... O preço do café está subindo novamente".*

— Essa fazenda deve estar em algum lugar perto de São Paulo — disse Julian. — Onde fica exatamente?

— Deve ser a fazenda da família — respondeu Axel.

Zara comentou:

— O preço do café já era um problema há 200 anos, é incrível.

Julian observou:

— Zeferino parecia ser um homem de negócios astuto.

Axel continuou lendo: *"2 de março de 1822... Hoje, eu recebi uma carta do meu amigo Dom Pedro. Ele está otimista sobre o futuro do Brasil".*

Zara arregalou os olhos, surpresa.

— Ele não é o mesmo Dom Pedro que se tornou o imperador do Brasil?

— Sim, é ele — confirmou Axel. — Parece que Zeferino tinha conexões importantes.

— O diário deve ter mais informações sobre Dom Pedro — disse Julian. — O que mais está escrito?

Axel prosseguiu:

— Vamos ver... *"15 de março de 1822... Hoje, eu discuti com Dom Pedro sobre a produção de uma nova moeda para homenagear a sua coroação. Ele está muito otimista com o novo projeto."*

Axel leu em voz alta:

"12 de abril de 1822... Hoje, eu tomei uma decisão importante. Colocarei toda a minha vida nesse novo projeto. Vou criar uma cunhagem

própria para o Brasil, com moedas que refletem nossa história e nossa cultura. Essas moedas ficarão perfeitas. Vou trabalhar dia e noite para garantir que sejam as melhores do mundo. Meu amigo Dom Pedro está confiante em mim e eu não vou decepcioná-lo. Vou fazer com que essas moedas sejam um símbolo do nosso país, da nossa liberdade e da nossa independência. Vou começar imediatamente. Não há tempo a perder."

— Deve ter sido uma decepção terrível para Zeferino quando Dom Pedro mandou destruir as moedas — disse Julian.

— Veja o que Zeferino escreveu a respeito. Axel leu em voz alta:

"15 de junho de 1822... Hoje, recebi uma notícia devastadora. Dom Pedro ordenou que todas as 64 moedas que cunhei sejam destruídas. Disse que elas não atendem aos padrões do Império. Ele não ficou satisfeito com sua imagem na moeda. Ele quer que eu refaça o projeto, e desta vez quer aparecer com suas vestes militares e suas várias medalhas. Estou arrasado. Tudo o que trabalhei, tudo o que sonhei, está sendo destruído. Não entendo por que ele fez isso. Eu pensei que estávamos juntos nesse projeto. Agora, tudo parece perdido."

Zara refletiu:

— Provavelmente essas sejam as mesmas moedas que Dom Pedro ordenou que fossem destruídas...

Axel sentiu que todas as peças do quebra-cabeça estavam começando a se encaixar.

— Pessoal, vejam uma das últimas anotações que ele fez:

"20 de junho de 1822... Não vou destruir as moedas, como Dom Pedro ordenou. Elas são minha criação, meu orgulho. Representam a liberdade e a independência do Brasil. Vou escondê-las, protegê-las. Ninguém vai encontrar. Eu sei que estou correndo um risco, mas não posso trair meus princípios. As moedas são minha herança, minha história, coloquei minha vida nesse projeto. Vou preservá-las para as gerações futuras."

"Vou substituir as moedas verdadeiras por outras feitas de ouro meu. Farei com que pareçam iguais, mas sem valor histórico. Depois,

entregarei essas moedas falsas para serem destruídas, como Dom Pedro ordenou. Ninguém vai desconfiar. As moedas verdadeiras estarão seguras, escondidas. É o único jeito de proteger meu legado, minha história."

"30 de maio de 1825... Desapareceram 16 moedas! Não sei quem pode ter feito isso. Estou preocupado. As moedas falsas foram destruídas, como planejei. Mas agora as verdadeiras estão em perigo. Preciso encontrar quem fez isso e recuperar as moedas."

"24 de setembro de 1825... Preciso esconder as outras 48 moedas. Não posso correr o risco de perder mais. Vou dividir as moedas em grupos pequenos e escondê-las em locais seguros. Não posso confiar em ninguém. Preciso fazer isso sozinho. Vou criar um mapa para lembrar onde as escondi."

"18 de setembro de 1830... Estou velho e adoentado. Meu corpo não resiste mais. Sinto que meu tempo está chegando ao fim. Mas minha mente continua clara, e meu coração ainda bate com orgulho pelo que fiz. As moedas... minhas moedas. Estão seguras. Ninguém vai encontrá-las."

— Tudo começa a fazer sentido — disse Axel, olhando para os amigos. — O diário de Zeferino e as cartas, tudo está conectado.

À medida que liam, descobriram que Zeferino havia sido um dos principais apoiadores de Dom Pedro e que havia ajudado a financiar a luta pela independência, por essas razões ele tinha tanto prestígio com o futuro imperador.

— Axel, onde está o pedaço de papel com anotações que você encontrou? — perguntou Julian colocando-se de pé.

Axel procurou nos bolsos e na mesa onde estavam sentados.

— Aqui está! — disse ele, segurando o papel. — O que foi que você descobriu?

— Nada ainda, é apenas uma suspeita.

Axel, Zara, Sophia olharam uns para os outros, surpresos.

— Eu sabia! Isso aqui é uma senha bancária!

— Uma senha bancária? — repetiu Sophia.

Julian examinou o papel novamente.

— Sim, esses números parecem ser uma combinação de acesso a um cofre bancário.

— Você acha que as moedas podem estar guardadas nesse cofre? — indagou Axel.

— Sim, deve ser, talvez seu avô tenha encontrado as moedas e as escondido em um cofre bancário.

— E o que estamos esperando aqui? Vamos direto para o banco, mal posso esperar para ver essas moedas! — disse Axel tomando a frente do grupo.

Seguiram direto para o banco localizado no coração da cidade.

O banco antigo era um verdadeiro tesouro arquitetônico, sua fachada impressionava com pedras de granito esculpidas, ornamentadas com intrincados detalhes em madeira, janelas de vitral coloridas, filtrando a luz do sol, a porta principal de madeira maciça, adornada com uma grande maçaneta de bronze. No interior, pisos de madeira polida, brilhando com um tom quente, as paredes revestidas com painéis de madeira escura, ornamentados com molduras douradas, nas laterais, magníficos candelabros de cristal, refletindo a luz suave. O balcão principal era de madeira esculpida, com detalhes em relevo, gavetas de madeira, adornadas com fechaduras antigas. O ambiente tinha aquele cheiro de madeira velha e papel amarelado, o silêncio reverente, quebrado apenas pelo som de páginas viradas, um verdadeiro museu, preservando a história e a beleza do passado.

— Bom dia, senhorita, precisamos verificar alguns documentos no cofre de meu falecido avô — disse Axel.

— Bom dia! Qual o nome dele, por gentileza, para eu verificar?

— Ele se chamava Maximiliano Ventura Delgado e foi casado com Eleonora Ventura Delgado.

— Um momento enquanto verifico.

Os jovens se entreolharam, indecisos. A atmosfera antiga do banco e a responsabilidade de acessar o cofre do senhor Maximiliano os faziam hesitar.

— Será que estamos preparados para isso? — perguntou Sophia, sua voz baixa e cheia de dúvidas.

— O que podemos encontrar lá dentro? — questionou Julian, sua testa franzida.

Axel respirou fundo e disse:

— Não sabemos, mas precisamos descobrir. É o legado do meu avô.

Estavam ainda conversando quando a atendente chamou:

— Pronto! Encontrei. Antes de acessar o cofre, é necessário falar com o gerente do banco.

Axel, Zara, Sophia e Julian entraram em uma sala reservada e se dirigiram à gerência.

— Podemos falar com o gerente, por favor? — Axel pediu.

— Boa tarde, jovens! O que posso fazer por vocês? — perguntou o gerente.

Axel explicou:

— Sou neto de Maximiliano Ventura Delgado, ele me deixou uma carta e preciso acessar o cofre.

O gerente surpreendeu-se.

— O Cofre dos Sonhos? Não sabia que ainda existia. Vamos verificar.

Ele verificou alguns documentos e disse:

— Sim, o cofre está registrado em nome de Maximiliano Ventura Delgado. E você, como parente dele, tem permissão para acessá-lo, uma vez que ninguém nunca reclamou esse cofre.

— Ótimo, senhor, mas por que você o chamou de Cofre dos Sonhos?

— Sim, o Cofre dos Sonhos. Esse é o nome dado ao cofre de Maximiliano Ventura Delgado. Dizem que ele guardava seus maiores tesouros e segredos aqui dentro, éramos amigos pessoais, jamais me esquecerei daquele homem; se você, meu jovem, conseguir ser a metade do ser humano que ele foi, terá alcançado sucesso na vida!

— Obrigado por essas palavras, senhor, não sabe o quanto elas me fazem feliz...

— Não me agradeça! Agora vou deixá-los a sós, se precisar de algo, estarei na sala ao lado.

Capítulo 7

O MAPA ESQUECIDO

— Será que vai funcionar? — perguntou Sophia.

— Só há uma maneira de saber, Sophia.

Ao inserir os números e símbolos, o cofre começou a emitir um som estranho, como um zumbido baixo e uma série de cliques.

— O que está acontecendo? — perguntou Zara, preocupada.

— Não sei — respondeu Axel. — Mas parece que o cofre está ativando algum mecanismo.

O som cresceu em intensidade e o cofre finalmente se abriu.

Ao abrir o cofre, os jovens encontraram apenas um mapa desenhado à mão, dobrado com cuidado. O mapa parecia antigo, com linhas desgastadas e símbolos estranhos.

— É isso? — perguntou Julian, surpreso.

— O que significa? — questionou Sophia.

Axel examinou o mapa.

— Parece ser um mapa de localização. Talvez leve à localização das moedas.

Axel, Zara, Sophia e Julian saíram do banco, ainda emocionados com a descoberta do cofre e do mapa. No entanto, ao olhar para cima, perceberam que o sol já havia se posto e a noite havia chegado.

— Já é noite! — exclamou Zara.

— E ainda não encontramos as moedas — lembrou Julian.

Sophia olhou em volta admirada:

— Vejam como é lindo, pessoal!

Ao olharem à sua volta, puderam contemplar a exuberância do Vale dos Cristais à noite!

O céu escuro era pontuado por estrelas brilhantes, como diamantes espalhados pelo tecido do universo. A lua cheia, prateada e radiante, iluminava o vale com uma luz suave e misteriosa.

As árvores, com seus galhos elegantes, se erguiam como sentinelas, protegendo o vale de olhares indiscretos. Seus troncos, cobertos por musgo e líquen, brilhavam com uma luz verde azulada, como se fossem cristais vivos.

O ar estava repleto do perfume de flores noturnas, como jasmim e laranjeira, que se misturavam com o cheiro de terra úmida e folhas secas. O som de um riacho distante, que corria suavemente sobre pedras lisas, criava uma melodia hipnótica.

No centro do vale, uma grande formação de cristais, com facetas brilhantes, refletia a luz da lua. Os cristais pareciam estar vivos, pulsando com uma energia mágica que atraía os jovens aventureiros.

— Este é o lugar! — sussurrou Axel, seu olhar maravilhado.

— O Vale dos Cristais! — ecoou Zara, sua voz cheia de reverência.

Julian e Sophia se aproximaram, seus olhos fixos nos cristais.

— É aqui que encontraremos o tesouro — disse Axel, sua voz cheia de convicção.

Mas, de repente, um som estranho ecoou pelo vale...

Os jovens se entreolharam, curiosos. O som era como um sussurro, mas parecia vir de todas as direções.

— O que é isso? — perguntou Sophia.

— Não sei — respondeu Axel. — Mas vamos descobrir.

Eles começaram a caminhar em direção ao som, que parecia se intensificar. O vale estava cada vez mais escuro, com sombras profundas; de repente, o som parou, o silêncio era total.

— O que aconteceu? — perguntou Axel.

— Não sei — respondeu Julian. — Mas eu sinto que estamos sendo observados.

Zara olhou em volta:

— Eu também sinto isso.

Sophia se aproximou de Axel:

— O que vamos fazer?

Axel respirou fundo.

Zara sugeriu:

— Vamos encontrar um lugar para passar a noite e continuar a busca amanhã.

Eles concordaram e começaram a procurar um hotel ou um local seguro para passar a noite, depois de alguns minutos de busca, encontraram um pequeno hotel familiar.

— Bom, vamos descansar e planejar para amanhã — disse Axel.

— Boa noite, Sophia e Zara, eu e Axel estaremos no quarto da frente, se precisarem de algo, basta chamar.

— Combinado, Julian, você e o Axel tenham uma boa noite.

O amanhecer no Vale dos Cristais!

O céu gradualmente se iluminava, como se o próprio sol estivesse pintando um quadro de cores vibrantes. O azul profundo da noite cedia lugar a tons de rosa, laranja e amarelo, criando um espetáculo de beleza sem igual.

As montanhas ao redor do vale começaram a emergir das sombras, suas encostas cobertas de vegetação verdejante e cristais brilhantes que refletiam a luz nascente. O ar estava repleto do perfume de flores silvestres, que se misturavam com o cheiro de terra úmida e fresca.

O riacho que corria pelo vale começou a brilhar como um fio de prata, refletindo a luz do sol nascente. Seus sons suaves e melodiosos criavam uma música hipnótica que preenchia o vale.

Os quatro jovens se encontravam no centro do vale, cercados por essa beleza natural. Eles se entreolharam, sorrindo, sabendo que esse era o momento que haviam esperado.

— É aqui que encontraremos o tesouro — disse Axel, sua voz cheia de convicção.

— O Vale dos Cristais está nos revelando seus segredos! — acrescentou Zara.

Julian e Sophia assentiram, seus olhos brilhando de expectativa.

Eles ainda estavam pensando no som estranho que ouviram na noite anterior, enquanto exploravam o Vale dos Cristais.

— Você acha que foi apenas o vento? — perguntou Sophia.

— Não, era algo mais — respondeu Axel. — Parecia um sussurro; porém, mais forte.

Julian franziu a testa:

— Eu pensei que fosse um animal, mas não vi nada.

Zara lembrou:

— E o som parecia vir de todas as direções.

— Talvez seja aquele idiota do Malcolm Malice, ele deve ter nos seguido até aqui — disse Axel.

— Acho pouco provável, ninguém, além de nós, sabia dessa jornada — respondeu Julian.

Capítulo 8

A ROTA DO TESOURO E A ÁGUIA DO RIO

Os quatro jovens decidiram procurar o Ancião do Vale dos Cristais, um homem sábio e respeitado que vivia no vale há décadas, somente ele seria capaz de decifrar aquele misterioso mapa.

— Eles dizem que ele conhece todos os segredos do vale — disse Axel.

— Sim, ele pode nos ajudar a encontrar as moedas — concordou Julian.

Eles encontraram o Ancião em sua cabana, cercada por árvores antigas e cristais brilhantes. O Ancião era um homem de idade avançada, com cabelos brancos e longos que caíam sobre seus ombros. Seus olhos eram profundos e castanhos, cheios de sabedoria e experiência. Sua pele era morena e enrugada, com linhas que contavam histórias de uma vida longa e plena. Ele usava uma túnica simples de cor bege, feita de tecido natural, e um cinto de couro trabalhado.

A cabana do Ancião era uma estrutura simples, feita de madeira e palha, com um telhado inclinado para proteger da chuva. A porta era adornada com símbolos antigos, gravados em madeira, e uma cortina de tecido natural pendia sobre a entrada. O interior da cabana era aconchegante, com uma lareira no centro, onde um fogo ardia lentamente. As paredes estavam adornadas com instrumentos musicais, objetos de arte e livros antigos.

Um cristal grande e transparente pendia do teto, refratando a luz que entrava pela janela, uma estante de madeira continha livros antigos e manuscritos. O Ancião sentou-se em uma cadeira de madeira, convidando Axel, Zara, Julian e Sophia a se sentarem ao seu redor. O fogo crepitava, e o aroma de incenso e madeira queimada enchia o ar.

— Sejam bem-vindos, jovens — disse o Ancião, com um sorriso. — Em que posso ajudar?

Os quatro se sentaram ao redor do Ancião, observando o mapa com atenção. O mapa era um pergaminho antigo, com símbolos e marcas que pareciam codificados.

— Será que o senhor poderia nos ajudar com esse mapa? — perguntou Axel Ventura estendendo a mão.

— Deixe-me ver, meu rapaz.

Após alguns minutos o ancião disse:

— Este símbolo aqui... — disse o Ancião, apontando para um símbolo que parecia uma onda — indica o local da primeira correndeira, fica próximo à Cachoeira do Vento.

— E este outro símbolo? — perguntou Axel, apontando para um símbolo que parecia um grande pico.

— Esse é o símbolo do Pico da Águia Solitária — respondeu o Ancião. É lá que fica a Caverna da Lua, pouquíssimas pessoas já foram até lá e retornaram.

— Lá é tão perigoso assim? — indagou Sophia.

— Sim, minha jovem, o perigo maior está em atravessar o Rio do Vale Florido, são inúmeros perigos que ficam à espreita, é um rio pouco navegável.

— Mas podemos ir pela floresta — disse Julian.

— Impossível — respondeu o ancião. — A floresta é extremamente densa, tornando difícil encontrar um caminho. O Rio Caído é um rio que anteriormente fluía suavemente através da floresta, mas agora está completamente seco e bloqueado por uma grande quantidade de rochas e árvores caídas. A floresta é cercada por montanhas intransponíveis, além dos Espíritos protetores da floresta impedirem que estranhos entrem.

— Entendi, senhor, você está certo, devemos ir pelo rio, agora só nos falta uma embarcação — disse Axel.

— Procurem por um homem chamado Thorne, ele poderá lhes ajudar com um barco. Ele mora próximo ao rio, quase na entrada norte da floresta.

— Muito obrigado, senhor, você nos ajudou muito — disse Zara levantando-se.

— Mais uma coisa — disse o ancião. — Vocês sabem que estão sendo seguidos?

— Seguidos? Mas por quem? — indagou Julian.

— Não consigo ver ainda, mas sua alma está mergulhada em trevas e ódio, tomem muito cuidado, ele busca o mesmo que vocês.

— Tomaremos, sim — respondeu Sophia.

Saíram direto para o local informado pelo ancião, à procura do homem chamado Thorne.

Thorne foi um marinheiro que perdeu sua esposa em um acidente no mar. Ele se retirou para a floresta e começou a construir embarcações como uma forma de homenageá-la. Com o tempo, se tornou um mestre em sua arte e ganhou respeito na região.

Thorne, o Construtor de Embarcações, estava sentado em sua bancada, cercado por ferramentas e madeira. Seu cabelo branco e barba longa e branca, presa com uma faixa de couro, contrastavam com seus olhos azul-escuros, que brilhavam com experiência e sabedoria.

Seu rosto, marcado por rugas profundas, contava a história de uma vida de trabalho árduo e perdas. A perda de sua esposa, Mariana, em um acidente no mar, havia deixado uma cicatriz profunda em seu coração. No entanto, sua paixão por construir embarcações havia se tornado sua razão de viver.

Thorne vestia uma túnica de couro, calças de linho e botas de trabalhador, que demonstravam sua simplicidade e praticidade. Seu martelo de madeira entalhado com seu nome era sua ferramenta mais preciosa, um símbolo de sua arte e habilidade.

Ao redor dele, a cabana estava repleta de objetos que contavam sua história. Uma caixa de madeira contendo ferramentas e segredos de sua arte estava sobre uma prateleira, enquanto um quadro de Mariana sorria para ele da parede.

Thorne olhou para os jovens aventureiros que haviam chegado à sua cabana, buscando sua ajuda. Seu olhar era penetrante, avaliando suas intenções e determinação. Ele sabia que sua embarcação poderia ser a chave para sua jornada, mas também sabia que não podia confiar em qualquer um.

— O que vocês querem? — perguntou Thorne, sua voz rouca e experiente. — Não sou um construtor de embarcações para qualquer um. Preciso saber que vocês são dignos de minha arte.

Os quatro jovens se entreolharam, preparando-se para responder a Thorne.

Axel falou primeiro:

— Thorne, estamos em uma missão para explorar o Vale dos Cristais. Precisamos de uma embarcação para atravessar o Rio do Vale Florido e continuar nossa jornada. Estamos dispostos a pagar o preço justo por sua arte.

Zara acrescentou:

— Além disso, estamos procurando por conhecimento e sabedoria. Sua experiência e habilidade seriam inestimáveis para nós.

Julian disse:

— Thorne, sua arte é lendária. Não queremos apenas uma embarcação, queremos uma obra-prima que nos leve ao coração do Vale dos Cristais. Estamos dispostos a compartilhar nossos conhecimentos e habilidades em troca de sua experiência e sabedoria. Juntos, podemos criar algo incrível.

Zara concluiu:

— E estamos dispostos a ouvir sua história, Thorne. Queremos entender o que o inspira e o que o motiva a criar embarcações tão incríveis.

Thorne olhou para cada um deles, avaliando suas palavras e intenções. Ele viu a determinação em seus olhos e a sinceridade em suas vozes.

— Está bem — disse Thorne, após um momento de silêncio. — Vou construir uma embarcação para vocês. Mas não será fácil. Vou precisar de sua ajuda e colaboração. E vocês precisarão provar que são dignos de minha arte. Vamos criar algo incrível, vamos construir a Águia do Rio, uma embarcação que vai superar suas expectativas!

E assim o acordo foi feito. Thorne começou a trabalhar na embarcação, com a ajuda dos jovens aventureiros. A Águia do Rio começou a tomar forma, pronta para levá-los ao desconhecido.

A construção da Águia do Rio foi um processo meticuloso e apaixonado, liderado por Thorne e auxiliado por Julian, Sophia, Axel e Zara.

Thorne começou esboçando o design da embarcação em um papel de velino, considerando as necessidades dos jovens aventureiros e as condições do Rio do Vale Florido. Os jovens observaram atentamente, oferecendo sugestões e ideias.

Ele selecionou madeiras nobres e resistentes, como carvalho e teixo, para a estrutura da embarcação. Julian ajudou a cortar e preparar as tábuas, enquanto Zara usava uma lona para proteger a madeira contra sol e chuva.

Thorne e Axel trabalharam juntos para construir o casco da embarcação, usando técnicas tradicionais e ferramentas especializadas. Sophia ajudou a ajustar as tábuas, garantindo uma junção perfeita.

No sétimo dia de construção, Julian projetou o mastro e a vela, considerando a direção do vento e a corrente do rio. Zara usou pregos para reforçar a estrutura do mastro.

Thorne adicionou detalhes finos, como uma figura de águia esculpida no proeiro e um painel de madeira entalhada na popa. Julian e Sophia ajudaram a aplicar uma camada de verniz protetor.

A Águia do Rio foi lançada ao rio, com Thorne, Julian, Sophia, Axel e Zara a bordo. A embarcação deslizou suavemente pela água, sua vela inflada pelo vento.

No décimo dia a Águia do Rio estava pronta para levá-los ao coração do Vale dos Cristais. Ela era uma obra-prima, fruto da colaboração e paixão de Thorne e seus novos amigos.

A noite de celebração da conclusão do projeto da Águia do Rio foi uma ocasião inesquecível para Thorne e os quatro jovens.

A noite caiu sobre a cabana de Thorne, e o ar estava repleto de alegria e satisfação. A Águia do Rio estava ancorada no rio, iluminada pela luz da lua.

Thorne, com um sorriso largo, abriu uma garrafa de vinho especial, reservada para ocasiões importantes.

— A esta noite, à nossa amizade e à Águia do Rio! — brindou.

Julian, Sophia, Axel e Zara ergueram seus copos, repetindo o brinde. Suco de frutas frescas e o chá de ervas dançavam nos copos, enquanto a comida deliciosa era saboreada por todos, e a conversa era animada, repleta de risadas e histórias.

Sophia acendeu velas e lanternas, iluminando a área. Axel pegou seu instrumento, um violão, e começou a tocar melodias alegres e animadas. Zara dançava, sua roupa brilhando à luz das velas.

Thorne e Julian sentaram-se a uma mesa, compartilhando histórias de suas aventuras passadas.

— Essa é a melhor equipe que já tive — disse Thorne, olhando para os jovens.

A mesa estava repleta de pratos deliciosos, preparados por Thorne e Zara. Havia frutas frescas, queijos, pães e carnes assadas. A mesa estava também repleta de bebidas refrescantes, como suco de laranja, limonada e chá de hortelã, para acompanhar a celebração.

Thorne levantou-se, olhando para os jovens.

— Vocês são mais do que apenas amigos — disse. — Vocês são minha família, e a Águia do Rio é mais do que apenas uma embarcação. É um símbolo de nossa amizade e determinação.

A noite continuou, repleta de risadas, música e celebração. A Águia do Rio estava pronta para levá-los ao Vale dos Cristais, e eles estavam prontos para enfrentar qualquer desafio.

A noite terminou com o amanhecer, e o grupo sentou-se na margem do rio, observando o sol nascer. A Águia do Rio, majestosa, estava pronta para partir, e eles estavam prontos para uma nova aventura.

Capítulo 9

O RIO DO VALE FLORIDO

Era o momento de iniciarem a jornada.

Thorne, Julian, Sophia, Axel e Zara estavam reunidos na margem do Rio do Vale Florido, ao lado da Águia do Rio. O sol estava alto no céu, e o ar estava repleto de expectativa.

Thorne disse:

— A hora chegou! A Águia do *Rio* está pronta para levá-los ao Vale dos Cristais. Lembrem-se, a jornada será longa e cheia de desafios, mas juntos vocês podem superar qualquer obstáculo, deixo aqui o meu cordial adeus...

Axel respondeu:

— Estamos prontos! Vamos descobrir os segredos do Vale dos Cristais e cumprir nossa missão.

Sophia acrescentou:

— E vamos proteger uns aos outros, sempre.

Julian disse:

— Vamos fazer isso! A Águia do *Rio* está pronta para nos levar à vitória.

Zara concluiu:

— Estou ansiosa para ver o que o Vale dos Cristais nos reserva. Vamos!

Com isso, a Águia do Rio começou a deslizar pelo Rio do Vale Florido, levando os cinco aventureiros em direção ao desconhecido.

O sol nasceu sobre o horizonte, pintando o céu com tons de rosa e laranja. O Rio do Vale Florido, sereno e tranquilo, refletia a beleza do amanhecer. A bruma matinal se dissipava, revelando a majestade da natureza.

A embarcação Águia do Rio, construída com habilidade e amor por Thorne, começou a se mover suavemente pela água. O som do rio corrente e o canto dos pássaros criavam uma sinfonia harmoniosa.

À medida que a Águia do Rio avançava, o Vale Florido se desdobrava em toda sua beleza. As margens do rio estavam repletas de flores silvestres, árvores frondosas e arbustos verdejantes. O ar estava repleto do perfume de jasmim e lavanda.

Julian, Sophia, Axel e Zara estavam a bordo, prontos para enfrentar os desafios que os aguardavam. Seus rostos estavam iluminados pela expectativa e determinação.

Com o sol a pico, a Águia do Rio continuou sua jornada, levando os quatro aventureiros em direção ao desconhecido. O Rio do Vale Florido se estendia à frente, um caminho de água que prometia segredos, surpresas e descobertas.

O rio parecia sussurrar: *"Vamos começar nossa jornada juntos. Vou levar vocês através de cachoeiras, corredeiras e calmarias. Vou mostrar-lhes a beleza e o perigo. Estão prontos?"*.

Eles assentiram, unidos em sua determinação.

À medida que a Águia do Rio avançava pelo Rio do Vale Florido, os aventureiros avistaram uma cortina de água que se estendia por mais de cem metros de largura. A Cachoeira do Vento era uma visão impressionante, com água cristalina que caía de uma altura de cinquenta e cinco metros, criando uma nuvem de espuma e vapor.

A cachoeira era cercada por paredes de pedra íngremes, cobertas por vegetação exuberante. O som da água era ensurdecedor, e a espuma criava um véu que obscurecia a visão.

Julian, Sophia, Axel e Zara sabiam que precisavam navegar com cuidado para evitar os perigos escondidos. A Águia do Rio precisava ser manobrada com precisão para descer a cachoeira sem incidentes.

Ao tentar descer a Cachoeira do Vento, a Águia do Rio foi puxada por um remoinho poderoso. A embarcação começou a girar em círculos, perdendo o controle.

— Segurem-se! — gritou Julian.

Sophia, Axel e Zara se agarraram aos bancos da embarcação, enquanto Julian tentava manobrar o leme para escapar do remoinho.

Mas era tarde demais. A Águia do Rio foi sugada para baixo, mergulhando na água turbulenta.

Os quatro aventureiros se debateram para escapar do remoinho, nadando com todas as forças para alcançar a superfície; finalmente, eles emergiram, ofegantes e exaustos.

— A embarcação! — gritou Axel.

A Águia do Rio estava sendo levada pela corrente, fora de controle.

Julian, Sophia, Axel e Zara nadaram com todas as forças para alcançar a Águia do Rio, que estava sendo levada pela corrente. A água turbulenta e o remoinho haviam deixado a embarcação à deriva.

Após alguns minutos de natação intensa, eles finalmente alcançaram a embarcação. Axel e Julian subiram a bordo, enquanto Sophia e Zara se agarraram à lateral.

— Estamos todos bem? — perguntou Julian.

Todos assentiram, exaustos.

Ao inspecionar a embarcação, eles descobriram que o remoinho havia danificado o leme e a quilha. A Águia do Rio precisava de reparos urgentes para continuar a jornada.

— Podemos consertar isso — disse Axel. — Mas precisamos encontrar um lugar seguro para fazer os reparos.

O Rio do Vale Florido continuava seu curso, levando-os em direção ao desconhecido. A Cachoeira do Vento estava para trás, mas novos desafios aguardavam.

Após alguns minutos de navegação, Julian, Sophia, Axel e Zara encontraram uma margem segura para fazer os reparos na Águia do Rio. A margem era protegida por árvores frondosas e rochas, proporcionando um abrigo natural.

— Aqui está bom — disse Axel. — Podemos fazer os reparos sem interrupções.

Axel começou a consertar o leme e a quilha da embarcação. Julian e Sophia ajudaram a recolher materiais flutuantes para fazer os reparos, enquanto Zara vigiava o rio, atenta a qualquer sinal de perigo.

Os reparos estavam quase concluídos. A Águia do Rio estava quase pronta para continuar a jornada.

À frente, o rio se dividia em dois braços. Um braço seguia para a esquerda, e outro para a direita.

Julian, Sophia, Axel e Zara decidiram seguir o braço direito do rio. O sol começava a se pôr, lançando um brilho dourado sobre a água.

À medida que navegavam, o rio se estreitava, tornando-se mais rápido e turbulento. A Águia do Rio sacolejava e oscilava, exigindo habilidade e concentração para manobrar.

O rio fez uma curva fechada à direita. A vegetação ao redor tornou-se mais densa, e o ar ficou repleto do canto de pássaros.

Julian, Sophia, Axel e Zara decidiram continuar rio abaixo. A noite começava a cair, e a luz do sol era substituída pelo brilho da lua.

O rio tornou-se ainda mais estreito e rápido, com corredeiras e curvas fechadas. A Águia do Rio avançava com dificuldade.

Julian, Sophia, Axel e Zara decidiram parar para acampar, cansados após o longo dia de navegação. Encontraram um local seguro longe da margem do rio, protegido por árvores e rochas.

Eles escolheram um local plano e seco, longe da corrente do rio. Axel e Julian armaram as tendas, enquanto Sophia e Zara reuniram lenha para a fogueira. A fogueira crepitava, iluminando o entorno com uma luz quente e acolhedora. Eles armaram as tendas, fizeram uma fogueira e prepararam um jantar simples. O som da água e o cantar dos pássaros criavam uma atmosfera tranquila.

Sophia preparou um jantar simples, mas saboroso, de peixe grelhado e frutas silvestres. Eles se sentaram em torno da fogueira, desfrutando da refeição e da companhia uns dos outros.

Após o jantar, eles permaneceram ao redor da fogueira, compartilhando histórias e experiências. Axel falou sobre sua infância em Vila Rica, enquanto Sophia contou sobre sua jornada como doadora de órgãos. Julian e Zara compartilharam lembranças de suas aventuras anteriores.

Antes de dormir, Julian, Sophia, Axel e Zara planejaram o dia seguinte.

— Precisamos continuar rio abaixo — disse Julian. — Estamos próximos de nosso destino.

— Sim, mas precisamos ter cuidado — respondeu Sophia. — O rio está ficando mais estreito e rápido.

— Vamos partir ao amanhecer — sugeriu Axel.

— E vamos manter uma vigilância constante — acrescentou Zara.

À medida que a noite avançava, o som da água e o cantar dos pássaros criavam uma atmosfera tranquila.

Com o plano traçado, eles se retiraram para suas tendas, ansiosos para enfrentar o dia seguinte; estavam cansados, mas satisfeitos com o dia.

O sol começou a nascer, pintando o céu com tons de rosa, laranja e amarelo. A luz suave e quente iluminou a floresta, revelando a beleza do rio e de suas margens. O ar estava fresco e limpo, cheio do canto dos pássaros.

Julian, Sophia, Axel e Zara saíram de suas tendas, esticando os braços e bocejando. Eles se reuniram ao redor da fogueira, agora reduzida a cinzas, para desfrutar do café da manhã. O aroma de café fresco e pão tostado enchia o ar.

— Que dia lindo! — exclamou Sophia.

— Perfeito para navegar — concordou Axel.

Sophia serviu ovos mexidos, bacon e frutas frescas. Axel trouxe um cântaro de mel da floresta.

Enquanto comiam, pequenos animais começaram a aparecer. Um esquilo curioso se aproximou, olhando para as migalhas, um pássaro azul pousou num galho próximo, cantando uma melodia suave, um coelho tímido emergiu da vegetação, observando o grupo com olhos brilhantes.

— Que companhia agradável! — disse Julian, sorrindo.

— Sim, eles nos fazem sentir em casa — concordou Zara.

Com os animais ao redor, o grupo desfrutou do café da manhã, sentindo-se conectados à natureza.

Após o café, eles se dirigiram à Águia do Rio, que aguardava pacientemente na margem do rio. Eles embarcaram e começaram a descer o rio, sentindo o sol nas costas e a brisa no rosto.

O rio continuava seu curso, serpenteando entre as árvores e rochas. A corrente era suave, mas constante, levando-os em direção ao desconhecido.

À medida que a Águia do Rio descia o rio, o grupo avistou um vale deslumbrante, repleto de flores de cores vibrantes. O Vale Florido, que dava nome ao rio, era um espetáculo natural impressionante.

Campânulas azuis, margaridas brancas, girassóis amarelos e lírios vermelhos cresciam em profusão, criando um tapete colorido que se estendia até o horizonte. O ar estava cheio do doce perfume das flores.

Árvores frutíferas, carregadas de frutas maduras, sombreavam o vale. O rio, que cortava o vale, refletia a luz do sol, criando um efeito de águas cristalinas.

— Que beleza! — exclamou Sophia.

— É como um paraíso — disse Julian.

— O Vale Florido é um tesouro escondido — concordou Axel.

Zara simplesmente sorriu, absorvendo a beleza do vale.

A Águia do Rio continuou seu curso, levando o grupo pelo Vale Florido. Eles desfrutaram da vista, sentindo-se conectados à natureza.

Enquanto a Águia do Rio navegava pelo Vale Florido, o grupo decidiu observar a vida selvagem que habitava o local. Eles se sentaram em silêncio, olhando para as margens do rio e o vale.

Um casal de cisnes nadava serenamente no rio, seus pescoços brancos estendidos. Eles se aproximaram da Águia do Rio, curiosos.

Um grupo de coelhos saltitou pelo vale, brincando e se perseguindo. Eles pararam para observar o grupo, seus olhos brilhantes.

Uma águia majestosa voou sobre o vale, suas asas abertas. Ela pairou sobre a Águia do Rio, observando o grupo.

— Que maravilha! — exclamou Zara.

— A natureza é incrível — disse Julian.

— Estamos nos sentindo parte dela — concordou Axel.

Sophia sorriu, sentindo-se em harmonia com o ambiente.

A Águia do Rio continuou seu curso, levando o grupo pelo Vale Florido. Eles desfrutaram da observação da vida selvagem. O sol brilhava no céu, e uma brisa suave soprava.

Mas, sem que eles percebessem, o céu começou a mudar. Nuvens escuras se acumularam no horizonte, e o vento começou a aumentar.

O rio, que estava calmo e sereno, começou a agitar-se. As ondas se tornaram mais fortes, e a Águia do Rio começou a sacolejar.

— O que está acontecendo? — perguntou Sophia, olhando para o céu.

— O vento está aumentando — respondeu Julian.

— É melhor verificar o céu — disse Axel.

Quando olharam para o céu, viram as nuvens escuras se aproximando. O relâmpago brilhou no horizonte.

— Tempestade! — gritou Zara.

— Vamos precisar encontrar abrigo! — exclamou Julian.

De repente, um raio caiu bem próximo à Águia do Rio, iluminando o céu escuro. O som do trovão foi ensurdecedor, fazendo com que o grupo se assustasse.

— Meu Deus! — gritou Sophia.

— Isso foi perto demais! — exclamou Julian.

— Vamos precisar encontrar abrigo, agora! — disse Axel.

Zara se agarrou ao braço de Axel, com olhos arregalados de medo.

O raio fez com que a Águia do Rio sacolejasse violentamente, jogando o grupo contra os lados do barco. O rio estava agitado, com ondas fortes e espuma.

— Estamos bem? — perguntou Julian, verificando se todos estavam ilesos.

— Sim, estamos bem — respondeu Sophia, ainda trêmula.

— Vamos precisar encontrar um lugar seguro — disse Axel.

O céu continuava a trovejar, com relâmpagos iluminando o horizonte. O grupo sabia que precisava encontrar abrigo rapidamente.

O grupo rapidamente procurou uma caverna próxima para se abrigar da tempestade. Axel, com habilidade em navegação, liderou a busca.

— Ali! — gritou Axel, apontando para uma abertura na rocha.

A caverna estava escondida atrás de uma cortina de vegetação, mas Axel a encontrou. O grupo navegou em direção à caverna, aliviados.

Eles entraram na caverna e encontraram um espaço amplo e seco. A tempestade rugia do lado de fora, mas dentro da caverna estava calmo.

— Estamos seguros aqui — disse Julian.

— Sim, até que a tempestade passe, ficaremos aqui — concordou Sophia.

O grupo se sentou no chão da caverna, respirando fundo. Eles estavam seguros, mas ainda estavam chocados com o raio.

— Isso foi perto demais — disse Zara.

— Sim, mas estamos bem agora — respondeu Axel.

A caverna revelou-se uma estrutura majestosa, com uma altura impressionante e uma largura que abrigava facilmente a Águia do Rio. O grupo se levantou, admirando a beleza natural da caverna.

Mas o que realmente chamou a atenção do grupo foram as pinturas rupestres que adornavam as paredes da caverna. Imagens de animais, como mamutes, cavalos e bisões, foram pintadas com cores vivas e precisão.

— Isso é incrível! — exclamou Zara.

— Pinturas rupestres! — disse Julian. — Devem ter milhares de anos.

Axel se aproximou das pinturas, examinando-as com cuidado:

— Essas pinturas são obra de uma civilização antiga, provavelmente uma tribo que vivia aqui há milhares de anos.

Zara se aproximou das pinturas rupestres, seus olhos brilhando de curiosidade. Ela examinou cada detalhe, admirando a habilidade dos artistas antigos.

— Essas pinturas são incríveis! — disse Zara. — A cor, a forma, a expressão, tudo é tão vivo.

Zara se deteve em uma pintura em particular, mostrando um cavalo em movimento.

— Olhem isso, o cavalo parece estar pulando fora da parede!

O grupo continuou a explorar as pinturas, descobrindo novas imagens e símbolos. Eles se sentiam como se estivessem viajando pelo tempo, descobrindo segredos escondidos.

Depois de horas de rugidos e relâmpagos, a tempestade finalmente começou a se dissipar. O grupo, que estava abrigado na caverna, sentiu um grande alívio.

O sol começou a brilhar através das nuvens, iluminando a entrada da caverna. O grupo se levantou, esticando os braços e sorrindo.

— Finalmente! — exclamou Sophia.

— A tempestade passou — disse Axel.

Com a luz do sol, a caverna se transformou. As pinturas rupestres pareciam ainda mais vibrantes e coloridas. O grupo se sentiu renovado e pronto para continuar a jornada.

O grupo saiu da caverna e encontrou o rio completamente calmo. A Águia do Rio estava intacta, pronta para continuar a viagem.

— Vamos continuar? — perguntou Axel.

— Sim, vamos! — respondeu Zara.

O grupo retomou a viagem, sentindo-se revitalizados e prontos para enfrentar novos desafios. O sol brilhava no céu, e o rio fluía suavemente, a água estava calma e clara, refletindo o céu azul.

À medida que avançavam, o rio começou a se estreitar. As margens se aproximaram, e o grupo pôde ver a vegetação mais de perto.

De repente, o grupo ouviu o som de um salto d'água. Eles se aproximaram e encontraram uma cascata impressionante.

— Uau! — exclamou Zara.

— Isso é incrível! — disse Sophia.

O grupo se maravilhou com a beleza da cascata. Eles ajustaram as velas para parar a Águia do Rio e absorver a vista.

Depois de dias de navegação, o grupo finalmente avistou o Pico da Águia Solitária, um pico majestoso que se erguia das margens do rio. A montanha era coberta por uma vegetação densa e suas encostas íngremes pareciam desafiar o céu.

— Estamos quase lá! — exclamou Axel, seu olhar brilhando de excitação.

— O Pico da Águia Solitária! — disse Sophia, sua voz cheia de admiração.

O rio se estreitou ainda mais, e o grupo precisou navegar com cuidado para evitar os rochedos escondidos. A correnteza aumentou, e a Águia do Rio avançou rapidamente.

A paisagem mudou drasticamente. As margens do rio se tornaram mais íngremes, e as árvores deram lugar a rochas nuas. O ar estava carregado de um silêncio expectante.

— Preparar-se para o desembarque! — gritou Julian.

— Vamos ancorar na próxima curva! — respondeu Axel.

O grupo decidiu parar para descansar e refletir sobre a viagem. Eles ancoraram a Águia do Rio em uma pequena baía tranquila, próxima ao Pico da Águia Solitária.

O silêncio era calmante, apenas interrompido pelo som suave da água batendo nas rochas. O grupo sentou-se na margem do rio, olhando para o Pico da Águia Solitária.

— Que viagem incrível! — disse Sophia.

— Nós conseguimos! — acrescentou Axel.

O grupo refletiu sobre os desafios superados, as descobertas feitas e os momentos compartilhados. Eles se lembraram da tempestade, das pinturas rupestres e da cascata.

— Essa viagem mudou minha vida, conheço muitos lugares, porém esse está sendo o mais incrível — disse Zara.

— Sim, mudou a nós todos — concordou Julian.

O Pico da Águia Solitária se erguia acima deles, um símbolo de conquista e realização. O grupo sabia que essa viagem seria inesquecível.

O grupo decidiu passar a noite na baía, sob o céu estrelado. Eles prepararam um jantar simples, mas saboroso, e sentaram-se em torno de uma fogueira.

A fogueira crepitava, lançando sombras dançantes nas rochas. O grupo compartilhava histórias e risos, enquanto o Pico da Águia Solitária se erguia como uma sentinela na escuridão.

— Essa está sendo a melhor viagem da minha vida! — disse Sophia.

— Não poderia ter sido melhor, como eu queria que meu avô estivesse aqui — concordou Axel.

O grupo começou a cantarolar, suas vozes se misturando com o som da água. A música era suave e tranquila, como a noite.

Depois de uma longa jornada, o grupo decidiu se preparar para dormir. Eles organizaram seus pertences, apagaram a fogueira e se acomodaram em seus sacos de dormir.

A noite estava silenciosa, com apenas o som suave da água batendo nas rochas. O grupo sentiu o cansaço se dissipar, substituído por uma sensação de paz e tranquilidade.

— Boa noite, amigos — disse Sophia.

— Boa noite — respondeu Julian.

O grupo adormeceu rapidamente, cansado pela jornada. O Pico da Águia Solitária se erguia acima deles, uma sombra escura e protetora.

A noite passou sem incidentes, com apenas o som ocasional de um animal noturno. O grupo dormiu profundamente, repondo energias para o dia seguinte.

O grupo acordou ao amanhecer, sentindo-se renovados e prontos para enfrentar o dia. Eles se levantaram, esticaram os braços e olharam em torno.

O Pico da Águia Solitária brilhava à luz do sol nascente, sua beleza impressionante. O grupo sabia que estava perto do objetivo.

Capítulo 10

A FENDA

Diante deles, o Pico da Águia Solitária se erguia majestosamente, como um gigante de pedra, sua beleza impressionante. A luz do sol nascente dançava sobre suas encostas, criando um espetáculo de cores e sombras. Cristais de quartzo e ametista, incrustados nas rochas, brilhavam como estrelas, refletindo a luz e criando um efeito de labirinto de cores.

A montanha se elevava do vale como uma obra-prima da natureza, seus picos afiados e íngremes parecendo tocar o céu. As rochas, esculpidas pelo tempo e pelo vento, brilhavam com tons de ouro, bronze e prata, como se estivessem revestidas de um manto de luxo. Cristais de rocha, espalhados pelas encostas, criavam um efeito de chuva de estrelas.

Ao redor, o vale estendia-se como um tapete verde, com árvores altas e silenciosas, suas folhas sussurrando suavemente ao vento. O rio, que havia guiado o grupo até ali, serpenteava pelo vale, sua água cristalina refletindo a beleza do pico. No fundo do rio, cristais de água-marinha e topázio brilhavam, como se estivessem submersos em um mar de luz.

No topo do pico, uma névoa etérea dançava, como uma bailarina leve e graciosa, criando um halo de mistério e magia. O ar estava carregado de um silêncio expectante, como se a própria montanha estivesse segurando a respiração, aguardando o próximo passo do grupo.

O Pico da Águia Solitária era um lugar de beleza sublime, onde a natureza havia criado uma obra-prima de equilíbrio e harmonia. Era um local de transformação, onde o grupo poderia encontrar seu verdadeiro potencial e realizar seus sonhos.

E agora o grupo estava prestes a enfrentar o desafio final e conquistar o Pico da Águia Solitária. Estariam as moedas de fato escondidas em algum lugar ali? Era o que eles queriam descobrir.

A base do pico era um mundo escondido, onde a natureza havia criado um santuário de beleza e mistério. O grupo se aventurou por entre as rochas e pedras, descobrindo uma paisagem irregular e fascinante.

Eles começaram a subir, enfrentando encostas íngremes e rochas escorregadias. A vegetação era densa, com árvores e arbustos que pareciam agarrar-se às rochas.

O sol brilhava sobre a montanha, iluminando as rochas e criando sombras profundas. O grupo sentia o calor do sol nas costas, mas também a frescura do vento que soprava da montanha.

À medida que subiam, a paisagem se abria, revelando vistas deslumbrantes do vale abaixo. O rio brilhava como uma fita de prata, serpenteando pelo fundo do vale.

O grupo avançava, determinado a conquistar o pico. Eles encontraram rochas mais altas e íngremes, mas também encontraram pontos de apoio e trilhas naturais.

O grupo continuou a subir, enfrentando encostas cada vez mais íngremes. As rochas estavam cobertas de cristais de quartzo, que brilhavam como estrelas na luz do sol.

Os cristais pareciam guiar o grupo, indicando o caminho certo. Eles encontraram uma trilha estreita, flanqueada por cristais de ametista, que brilhavam com uma luz purpúrea.

A montanha se elevava acima deles, sua beleza impressionante. O grupo sentia a energia da montanha, uma força que os impulsionava a continuar.

Em alguns pontos, os cristais pareciam proteger o grupo, formando um escudo natural contra as rochas instáveis. Eles encontraram uma parede de cristais de citrino, que brilhavam com uma luz dourada.

À medida que subiam, o contorno da montanha se tornava mais definido, revelando sua verdadeira magnitude. O grupo sentia a energia da montanha, uma força que os impulsionava a continuar.

O grupo alcançou um mirante natural, onde podiam ver o vale abaixo em toda sua extensão. O rio serpenteava pelo fundo do vale, cercado por árvores e montanhas.

— Olha só! — exclamou Sophia, apontando para uma rocha coberta de cristais de quartzo. — Esses cristais parecem estar nos guiando pelo caminho certo.

— Sim, e são incrivelmente bonitos! — acrescentou Axel, examinando a rocha. — Parece que a própria montanha está nos mostrando o caminho.

— Você acha que é um sinal? — perguntou Julian, olhando para cima.

— Sim, acho que sim — respondeu Sophia. — A montanha está nos chamando para continuar.

— Para onde? — perguntou Julian.

— Para o topo! — respondeu Axel, sorrindo. — Para descobrir o que está lá em cima.

— Eu estou curiosa — disse Sophia. — Vamos descobrir.

— Vamos! — concordou Julian.

O grupo continuou a subir, determinado a conquistar o pico.

À medida que o grupo continuava a subir, a atmosfera começou a mudar. O céu, antes azul e radiante, agora estava coberto por nuvens negras e pesadas, como uma manta de veludo escuro. O sol, que antes brilhava com intensidade, agora estava escondido, deixando apenas um rastro de luz fraca e tênue.

O vento começou a soprar, inicialmente suave, mas rapidamente ganhando força. As árvores, antes imóveis, agora estavam sacudidas pelo vento, seus galhos rangendo e estalando como ossos quebrados. As rochas, antes estáveis, agora estavam tremendo, como se a própria montanha estivesse despertando de um sono profundo.

— O que está acontecendo? — perguntou Sophia, sua voz tremendo de medo.

— Não sei — respondeu Axel com seu olhar varrendo o horizonte. — Mas não parece bom.

O som do vento era como um rugido de fera, uma criatura gigante que se aproximava, cada vez mais perto. O grupo sentia a pressão do ar mudar, como se a montanha estivesse sendo esmagada por uma força invisível.

De repente, uma rajada de vento forte atingiu o grupo, fazendo com que Sophia perdesse o equilíbrio. Ela caiu em uma fenda estreita entre as rochas, desaparecendo da vista.

— Sophia! — gritou Axel com sua voz sendo carregada pelo vento.

Julian correu para salvar Sophia, mas o vento estava tão forte que mal podia se manter em pé. As rochas estavam escorregadias, e ele sentia que estava sendo puxado para baixo, como se a montanha estivesse tentando engoli-lo.

— Não pode ser! — gritou Julian, desesperado. — Sophia! Responda!

Axel e Julian procuraram por Sophia, mas ela havia desaparecido.

— O que vamos fazer? — perguntou Axel, sua voz trêmula. Ela estava aqui há um minuto!

— Eu não sei! — respondeu Julian, desesperado. — Eu não posso perder ela!

De repente, Zara apareceu, correndo em direção aos amigos.

— O que está acontecendo? — perguntou Zara, assustada.

— Sophia desapareceu, ela caiu em uma fenda e não consigo falar com ela — respondeu Julian.

— Não! — gritou Zara. — Isso não pode estar acontecendo!

— Nós vamos encontrar ela! — disse Julian. — Juntos!

— Sim, vamos! — concordou Zara. — Nós não podemos deixar ela!

Axel concordou com a cabeça.

— Vamos procurar por ela, agora.

Os três amigos se abraçaram, chorando e desesperados.

— Vamos encontrar Sophia — disse Zara. — E vamos trazê--la de volta.

— Nós vamos fazer isso juntos — disse Julian.

Depois da tempestade, Axel, Julian e Zara continuaram a subir a montanha, procurando por Sophia. O céu estava escuro e o vento ainda rugia, fazendo com que as árvores se balançassem violentamente.

— Eu não a vejo em lugar nenhum! — gritou Julian, sua voz quase abafada pelo barulho do vento.

— Procurem! — disse Axel, seu rosto contorcido de preocupação. — Ela pode ter sido levada pela tempestade.

Eles procuraram por Sophia, chamando seu nome, mas não houve resposta. O silêncio era opressivo, apenas quebrado pelo som do vento e dos galhos quebrados.

De repente, Zara encontrou uma marca de queda na terra úmida e revolvida.

— Ali! — disse Zara, sua voz trêmula. — Ela caiu bem ali embaixo.

Axel e Julian se aproximaram e viram a fenda profunda, uma abertura escura e sinistra na montanha. A fenda era cercada por rochas íngremes e escorregadias, tornando impossível descer sem equipamento adequado.

— Sophia! — gritou Julian, sua voz desesperada ecoando na fenda. — Por favor, responda.

— Ela caiu na fenda — disse Axel, seu rosto pálido de medo. — Nós precisamos encontrar uma maneira de descer lá.

Zara olhou em volta, procurando por qualquer coisa que pudesse ajudá-los.

— Nós precisamos de cordas, ou algo para nos segurar — disse Zara. — E precisamos agir rápido.

Axel, Julian e Zara se prepararam para descer na fenda, usando os cipós como cordas improvisadas. Eles amarraram os cipós em uma árvore robusta na beira da fenda e começaram a descer lentamente.

O sol já havia se posto, deixando apenas uma luz fraca e azulada no céu. A fenda estava escura e silenciosa, com somente o som do vento e do ranger dos cipós quebrando o silêncio.

Julian foi o primeiro a descer, sua mão firme no cipó enquanto ele procurava por apoio para os pés. Axel e Zara o seguiram, seus olhos fixos no chão abaixo.

A parede da fenda era íngreme e escorregadia, com pedras soltas e musgo que dificultavam a descida. Os cipós rangiam sob o peso deles, mas aguentaram firme.

Quando chegaram ao fundo da fenda, eles encontraram um espaço estreito e sombrio. O ar estava frio e úmido, com um cheiro de terra e vegetação podre.

— Estamos aqui — sussurrou Julian, olhando em volta. — Onde está Sophia?

Axel e Zara se aproximaram, seus olhos varrendo o local.

O fundo da fenda era um lugar de trevas profundas, onde a luz do dia nunca alcançava. A atmosfera era pesada e opressiva, carregada de um cheiro de terra úmida e decomposição.

As paredes da fenda se erguiam como gigantescas sentinelas, bloqueando qualquer visão do mundo exterior. O som do vento era abafado, substituído por um silêncio sepulcral.

O chão estava coberto de uma camada de musgo escuro e viscoso, que absorvia qualquer som de passos. As pedras soltas e os detritos estavam espalhados por todos os lados, criando um labirinto de sombras.

A umidade era tão intensa que parecia possível sentir o gosto da água no ar. Gotas de água pingavam lentamente das paredes, criando um som constante e sinistro.

No centro da fenda, um pequeno curso d'água corria silenciosamente, suas águas negras como o carvão. O som da água era quase imperceptível, mas parecia aumentar a sensação de desolação.

Era como se o fundo da fenda fosse um mundo separado, um lugar onde o tempo não existia e a esperança era uma ilusão.

Axel, Julian e Zara se moviam com cautela, seus passos silenciosos na escuridão.

— Ela não está aqui — disse Axel, sua voz baixa.

— Não — respondeu Zara. — Mas precisamos continuar a procurar.

Enquanto Axel, Julian e Zara avançavam pelo fundo da fenda, eles encontraram sinais de luta. O musgo estava revolvido e espalhado por todos os lados, como se alguém tivesse sido arrastado pelo chão. As pedras estavam espalhadas, algumas delas quebradas ou rachadas, indicando uma força brutal.

Em um ponto específico, o musgo estava mais revolvido, formando uma espécie de círculo. No centro desse círculo, uma mancha de sangue fresco brilhava na escuridão. A mancha era pequena, mas suficiente para fazer com que Axel, Julian e Zara sentissem um arrepio.

— Alguém lutou aqui — disse Axel, sua voz baixa e tensa.

Zara se aproximou da mancha de sangue e examinou-a mais de perto.

— Isso é sangue de Sophia? — perguntou ela, sua voz trêmula.

Axel e Julian se entreolharam.

— Nós precisamos encontrar ela — disse Axel.

Após horas de busca, Axel, Julian e Zara não encontraram nenhum sinal de Sophia. A mancha de sangue foi o único indício de que ela estivera ali, mas agora parecia uma pista falsa.

— Ela não está aqui — disse Julian, desanimado.

— Nós precisamos prosseguir — disse Axel. — Talvez ela tenha sido levada para outro lugar.

Zara olhou em volta, desesperada.

— Mas para onde? — perguntou ela.

Axel e Julian se entreolharam.

— Nós não sabemos — respondeu Axel. Mas precisamos continuar procurando.

Eles decidiram prosseguir, seguindo o curso d'água que corria pelo fundo da fenda. Talvez ele os levasse a algum lugar onde Sophia pudesse estar.

Enquanto caminhavam, o silêncio era opressivo. A escuridão parecia se fechar sobre eles, e a sensação de desespero crescia.

De repente, Julian parou.

— O que é? — perguntou Axel.

— Veja aquilo, é uma ponte — respondeu Julian.

Eles se aproximaram da ponte instável, que cruzava o curso d'água. A ponte era uma estrutura precária, feita de cordas desgastadas e tábuas de madeira podre. As cordas estavam esticadas entre as rochas, formando uma espécie de teia instável. As tábuas estavam presas às cordas com pregos enferrujados, e pareciam prontas para se soltar a qualquer momento.

A ponte balançava levemente sob o peso deles, fazendo com que Axel, Julian e Zara se sentissem inseguros. O som das cordas rangendo e das tábuas crepitando era constante, como se a ponte estivesse protestando contra o seu peso.

— Essa ponte parece perigosa — disse Zara, sua voz baixa.

— Nós não temos escolha — respondeu Axel. — Precisamos continuar.

Julian começou a atravessar a ponte, seguido por Axel e Zara. A ponte rangia e balançava sob o seu peso, fazendo com que eles se agarrassem às cordas para não caírem.

Sobre as tábuas, pequenas manchas de sangue fresco chamaram a atenção de Axel, Julian e Zara. Elas estavam espalhadas de forma irregular, como se alguém tivesse passado por ali ferido e arrastado seu corpo. A visão das manchas fez com que os três amigos se entreolhassem, preocupados.

— Será que é o sangue de Sophia? — perguntou Zara, sua voz baixa e cheia de preocupação.

— Nós precisamos continuar — respondeu Julian, determinado. — Encontrar Sophia é nossa prioridade.

Depois de atravessar a ponte instável, Axel, Julian e Zara encontraram um grande salão subterrâneo, escondido sob a rocha sólida da montanha. O salão era imenso, com paredes de pedra escura e rugosa, cobertas por uma camada fina de musgo verdejante. As paredes se erguiam até uma abóbada de pedra, suportada por colunas grossas e trabalhadas.

No centro do salão, uma luz intensa brilhava, vinda de uma abertura estreita no alto da abóbada. A luz era tão forte que parecia iluminar todo o salão, criando sombras profundas nas paredes e destacando os detalhes arquitetônicos da estrutura.

O salão estava repleto de cristais de quartzo, que refletiam a luz e criavam um efeito de cores prismáticas. Os cristais estavam espalhados pelo piso e nas paredes, dando ao ambiente um ar de beleza e mistério.

Eles se aproximaram da luz, sentindo uma mistura de curiosidade e cautela. O piso de pedra polida brilhava sob seus pés, e as inscrições antigas no chão passaram despercebidas.

Enquanto se aproximavam do centro do salão, Axel, Julian e Zara avistaram um corpo imóvel no chão, a alguns metros de distância. O corpo estava deitado de costas, com um braço enfaixado com uma bandagem branca, e o outro braço estendido ao lado do corpo, como se tivesse sido cuidadosamente disposto.

A luz que entrava pela abertura no teto iluminava o rosto do corpo, revelando características que fizeram o coração de Axel, Julian e Zara saltar. A pele do corpo parecia pálida e fria, e os olhos estavam fechados, como se estivesse em um estado de profundo repouso.

— É Sophia? — perguntou Zara, sua voz trêmula e cheia de preocupação.

Axel e Julian se aproximaram lentamente do corpo, temendo o que poderiam encontrar. O silêncio no salão era opressivo, e a sensação de mistério pairava no ar. A bandagem no braço sugeria que o corpo havia sofrido algum tipo de lesão.

Ao chegarem mais perto, viram que o corpo estava completamente imóvel, sem nenhum sinal de movimento ou respiração. O ambiente parecia estar congelado no tempo.

— Não podemos perder tempo — disse Julian, sua voz baixa e urgente. — Precisamos verificar se ela está viva.

Eles se agacharam ao lado do corpo, e Julian gentilmente tocou o pulso de Sophia.

Julian sentiu um pulso fraco, mas constante, no braço de Sophia. Ela estava viva, mas desacordada, sua respiração superficial e irregular. Seu rosto pálido e frágil parecia uma máscara de porcelana, e seus olhos fechados pareciam estar escondendo segredos.

A preocupação de Julian se transformou em alívio quando ele sentiu o pulso de Sophia. Ele segurou sua mão delicadamente, sentindo o calor de sua pele.

— Ela está viva! — exclamou Julian, com uma mistura de alívio e alegria.

Zara e Axel respiraram fundo, aliviados, e se aproximaram de Sophia.

— Mas o que aconteceu com ela? — perguntou Zara, sua voz cheia de preocupação.

Julian examinou o braço enfaixado de Sophia, notando a bandagem limpa e bem feita.

— Essa bandagem foi feita recentemente — disse ele. — Alguém deve ter cuidado dela.

Axel olhou em volta, procurando respostas.

— Mas onde estamos? — perguntou ele. — E quem pode ter feito isso?

— Não sabemos, Axel, mas graças a Deus ela está bem — respondeu Zara.

De repente, Sophia começou a se mexer, sua mão tremendo levemente na mão de Julian. Ela abriu os olhos, confusa e desorientada.

— Julian? — sussurrou ela, sua voz fraca.

— Sim, Sophia! — respondeu Julian, seu olhar cheio de carinho. — Estamos aqui. Você está segura agora.

Sophia tentou sentar-se, mas gemeu de dor, sua face contorcida.

— O que aconteceu? — perguntou ela, sua voz cheia de confusão.

Eles ajudaram Sophia a se sentar, e Julian começou a remover a bandagem do braço dela para ver a extensão dos ferimentos.

— Você tem uma lesão — disse ele. — Mas parece não ser grave.

— Durante a tempestade você caiu em uma fenda e se feriu — disse ele. — Mas estamos aqui para ajudar.

Sophia olhou em volta, confusa.

— Onde estamos? — perguntou ela novamente.

Julian hesitou.

— Estamos na montanha — respondeu Axel. — Você caiu.

Sophia olhou em volta, ainda confusa.

— Como eu cheguei aqui? — perguntou ela.

— E você se lembra de alguma coisa? — perguntou Zara.

— Eu lembro... De uma mulher — disse ela. — Ela me ajudou.

Eles se entreolharam, curiosos.

— Que mulher? — perguntou Julian.

Sophia fechou os olhos, tentando lembrar.

— Não sei — disse ela. — Mas ela era... "Familiar".

Capítulo 11

O PICO DA ÁGUIA SOLITÁRIA

Eles decidiram passar a noite ali mesmo, dentro da fenda, um local de beleza sombria e misteriosa, escondido no coração da montanha. A gruta era uma vasta câmara de pedra, com paredes rugosas e um teto perdido nas sombras, adornadas por cristais brilhantes que refletiam a luz da fogueira.

Os cristais, de cores variadas, desde o azul profundo até o vermelho intenso, pareciam estar vivos, pulsando com uma energia misteriosa. Eles estavam espalhados pela gruta, criando um ambiente hipnótico e enigmático.

A fogueira que Julian e Axel haviam feito crepitava e lançava sombras sinistras nas paredes, fazendo parecer que os próprios espíritos da montanha estavam observando-os. O ar estava frio e úmido, e o som da água pingando ecoava pela gruta.

Sophia se deitou em uma manta, com o braço lesionado envolto em uma bandagem improvisada, e Zara sentou-se ao lado dela, segurando sua mão. Julian e Axel sentaram-se do outro lado da fogueira, observando as chamas dançarem.

— Estamos seguros aqui? — perguntou Axel, sua voz baixa e hesitante.

— Sim — respondeu Julian. A gruta é um lugar protegido, mas precisamos estar vigilantes.

Mas a noite parecia não concordar com Julian. O vento começou a uivar fora da gruta, e as sombras nas paredes pareciam se mover. Sophia estremeceu.

— O que é isso? — sussurrou ela.

— É apenas o vento — disse Zara, tentando tranquilizá-la.

Os cristais, no entanto, pareciam estar reagindo ao vento, pulsando com uma luz mais intensa. Eles pareciam estar sendo observados, e a sensação de perigo estava sempre presente.

A fogueira crepitava, e as sombras dançavam. Eles se entreolharam, nervosos, e se prepararam para passar a noite dentro da gruta misteriosa.

A escuridão da gruta começou a se dissipar, substituída pela luz suave e dourada do amanhecer, que se infiltrava pelas fendas da rocha e iluminava a câmara subterrânea. Os cristais, que haviam pulsado com uma energia misteriosa durante a noite, agora brilhavam com uma luz mais suave e tranquila, como se estivessem acordando de um sono profundo.

A luz do amanhecer revelou detalhes da gruta que haviam passado despercebidos durante a noite. As paredes de pedra rugosa estavam adornadas com veios de quartzo e âmbar, que brilhavam como ouro e prata. O ar estava fresco e limpo, com um leve cheiro de musgo e umidade.

Julian, Axel, Zara e Sophia se levantaram, esticando os membros cansados e olhando em volta com olhos sonolentos. A fogueira havia se apagado durante a noite, deixando apenas cinzas frias e um cheiro de fumaça. O silêncio era quase palpável, interrompido apenas pelo som suave de água pingando em algum lugar da gruta.

— Finalmente! — exclamou Julian, respirando fundo e esticando os braços. — O dia chegou!

Sophia se levantou, ainda sentindo dor no braço lesionado, que estava envolto em uma bandagem improvisada. Ela olhou em volta, procurando por qualquer sinal de perigo.

— Vamos continuar? — perguntou ela, sua voz um pouco hesitante.

Axel assentiu, seu rosto determinado.

Eles decidiram voltar pelo mesmo caminho para saírem da gruta. A jornada de volta parecia mais fácil, agora que a luz do amanhecer iluminava o caminho.

Axel liderou o grupo, seguido por Julian, Zara e Sophia, que ainda sentia dor no braço lesionado. Eles passaram pelas câmaras subterrâneas, agora familiares, e pelas estreitas passagens que haviam percorrido na noite anterior.

À medida que avançavam, a luz do amanhecer se tornava mais intensa, e o ar fresco da manhã começava a substituir o ar úmido da gruta. Eles ouviram o som de pássaros cantando ao longe, um som que parecia quase esquecido após a noite na gruta.

— Estamos quase lá — disse Julian, olhando para cima.

A entrada da gruta surgiu à frente, uma abertura branca e brilhante que parecia um portal para um novo mundo. Eles se apressaram, ansiosos para sair da gruta e sentir o sol no rosto.

Ao emergir da gruta, eles foram recebidos por uma visão deslumbrante. O sol estava alto no céu, brilhando sobre a montanha e iluminando o vale abaixo. O ar estava fresco e limpo, cheio de vida.

Eles respiraram fundo, sentindo-se renovados e revitalizados.

— Estamos livres! — disse Sophia, sorrindo.

Eles retomaram a subida ao topo da Montanha Pico da Águia Solitária, determinados a alcançar o objetivo que haviam deixado de lado na noite anterior. A luz do sol, agora alta no céu, iluminava o caminho, revelando detalhes que haviam passado despercebidos na subida anterior.

A trilha era íngreme e rochosa, com pedras cobertas de musgo e líquen, e raízes de árvores que se estendiam como braços gigantes. O ar estava fresco e limpo, cheio de vida, e o som de pássaros cantando ecoava pela montanha.

Axel liderou o grupo, seguido por Julian, Zara e Sophia, que ainda sentia dor no braço lesionado, mas estava determinada a continuar. Eles subiam em silêncio, concentrados no caminho, suas respirações ritmadas pelo esforço.

À medida que subiam, a vista se tornava cada vez mais deslumbrante. O vale abaixo se estendia como um tapete verde, com o rio serpenteando pelo meio, refletindo a luz do sol como um espelho. As montanhas ao redor se erguiam como gigantes, suas cristas cobertas de vegetação exuberante brilhavam como diamante.

— Estamos quase lá — disse Axel, olhando para cima, sua voz animada pela proximidade do objetivo.

O topo da montanha estava próximo, e eles podiam ver a silhueta de uma estrutura estranha no cume, que parecia ser uma estátua ou um monumento. A curiosidade os impulsionava, e eles se apressaram, ansiosos para alcançar o topo e descobrir o segredo da Montanha Pico da Águia Solitária.

O sol brilhava intensamente, iluminando o caminho, e o vento leve que soprava pela montanha trazia o cheiro de pinheiro e terra úmida. Eles sentiam que estavam próximos de algo importante, algo que mudaria sua jornada para sempre.

Eles alcançaram o cume da Montanha Pico da Águia Solitária, onde uma estátua colossal de águia gigante os aguardava, suas asas abertas e olhos brilhantes como estrelas. A estátua, esculpida em granito branco, parecia voar sobre a montanha, sua sombra projetada sobre a rocha como uma aura de poder.

Ao lado da estátua, uma abertura na rocha revelava uma caverna escondida, cuja entrada estava adornada com símbolos lunares intrincados, gravados em prata e ouro. A caverna era conhecida como Caverna da Lua, um lugar sagrado e misterioso que poucos haviam visto.

A entrada da caverna estava cercada por uma aura de mistério e magia, e o ar que saía dela era fresco e limpo, com um cheiro de terra úmida e flores silvestres. Cristais de quartzo e ametista estavam espalhados pelo chão, brilhando como estrelas em uma noite sem lua.

Axel, Julian, Zara e Sophia se aproximaram da caverna, sentindo uma mistura de emoções: curiosidade, excitação e um pouco de medo. Eles sabiam que estavam prestes a descobrir algo importante, algo que poderia mudar sua jornada para sempre.

— Esta é a Caverna da Lua — disse Axel, sua voz baixa e respeitosa. — Um lugar sagrado, aonde os antigos sábios vieram buscar sabedoria e poder, e onde provavelmente o senhor Zeferino escolheu para esconder as moedas!

O interior da Câmara da Lua era um espetáculo deslumbrante, uma verdadeira obra-prima da natureza e da arte humana. A câmara era uma vasta estrutura de pedra, com paredes altas e retas que se estendiam até o teto, formando uma abóbada impressionante.

O teto era adornado com uma infinidade de cristais de quartzo e ametista, que brilhavam como estrelas em uma noite sem lua. Os cristais estavam suspensos por finas cordas de prata, que pareciam ser quase invisíveis, dando a impressão de que os cristais estavam flutuando no ar.

As paredes da câmara estavam cobertas por intrincados relevos, esculpidos em pedra com precisão e habilidade. Os relevos representavam cenas de uma civilização antiga, com figuras humanas e animais mitológicos que pareciam saltar da pedra.

No centro da câmara, o lago de água cristalina refletia a luz da lua, criando um efeito hipnótico. O lago estava cercado por uma borda de pedra, onde estavam gravados símbolos antigos que contavam histórias de uma civilização esquecida.

A água do lago era tão clara que parecia ser feita de vidro, e refletia perfeitamente a imagem da câmara. No fundo do lago, uma figura de águia gigante estava esculpida em pedra, com asas abertas e olhos brilhantes como estrelas.

Ao redor da câmara, havia nichos em forma de concha, onde estavam colocados vasos de cerâmica antiga, adornados com padrões geométricos e figuras mitológicas. Os vasos estavam cheios de flores silvestres, que perfumavam o ar com seu doce aroma.

O chão da câmara era feito de pedra polida, que brilhava como espelho. No centro do chão, um símbolo lunar estava gravado, com raios que se estendiam até as paredes da câmara.

A iluminação da câmara era fornecida por uma série de lanternas de cristal, que estavam suspensas do teto. As lanternas emitiam uma luz suave e azulada, que parecia ser quase etérea.

Os quatro jovens se sentaram na borda do lago de água cristalina, olhando em volta da Câmara da Lua com expressões pensativas.

— Vamos rever o mapa novamente! — disse Axel, desdobrando o papel velho.

Capítulo 12

AS FAMOSAS PEÇAS DA COROAÇÃO

— Não entendo — disse Sophia. — Onde poderiam estar escondidas as quarenta e oito moedas? Já procuramos em toda parte.

— Sim, mas talvez estejamos procurando no lugar errado — sugeriu Julian. — Talvez as moedas estejam escondidas em algum lugar mais... Óbvio.

— Óbvio? — repetiu Axel. — O que você quer dizer?

— Bem, pense sobre isso — disse Julian. — Zeferino Ferrez foi um homem inteligente e astuto, ele escondeu as moedas aqui antes de sua morte, e certamente deixou pistas para quem quisesse encontrá-las.

— Sim, mas onde? — perguntou Zara.

— Zeferino Ferrez era um homem que amava a natureza e a história — disse Julian. — Talvez tenha escondido as moedas em algum lugar que seja significativo para ele.

— Como o lago? — sugeriu Sophia.

— Ou os relevos nas paredes — acrescentou Zara. — Talvez contenham um código ou uma mensagem que nos leve às moedas.

— Vamos procurar novamente — disse Axel, se levantando. — Desta vez, vamos procurar por um código ou uma mensagem escondida.

— Sim, vamos fazer isso — concordou Zara. — E também precisamos considerar as paixões e interesses de Zeferino Ferrez.

Eles se entreolharam, pensativos, sabendo que ainda tinham muito trabalho a fazer para encontrar as quarenta e oito moedas.

Eles se aproximaram da parede da Câmara da Lua, examinando cada centímetro da superfície. A luz suave das lanternas de cristal iluminava as paredes, revelando detalhes que poderiam ter passado despercebidos.

Axel se concentrou em um relevo que representava uma águia em voo, suas asas abertas e olhos brilhantes. Ele examinou cada linha, cada curva, procurando por qualquer sinal de uma pista.

Julian, por sua vez, se concentrou em um painel de pedra que parecia ser uma espécie de mapa. Ele estudou as linhas e símbolos, tentando decifrar seu significado.

Sophia se aproximou de uma seção da parede que parecia ser uma espécie de poema. Ela leu as palavras, procurando por qualquer conexão com o poema que encontraram no diário de Zeferino Ferrez.

Zara se concentrou em uma área da parede que parecia ser uma espécie de código. Ela examinou os símbolos, tentando decifrar sua sequência.

Cada um deles trabalhava em silêncio, concentrado em sua tarefa. O único som era o da respiração e o ocasional ruído de uma folha de papel sendo virada.

De repente, Axel exclamou:

— Encontrei algo!

Os outros se aproximaram, ansiosos para saber o que ele havia descoberto.

— Este relevo da águia... — disse Axel, apontando. — Ele está apontando para algo.

Eles examinaram o relevo novamente e perceberam que a águia estava apontando para uma pequena fenda na parede.

Eles se aproximaram da fenda e encontraram uma pequena chave escondida.

—Se tem uma chave, então tem uma Porta! —exclamou Sophia.

Procuraram e finalmente a encontraram, uma parede repleta de fechaduras.

Axel pegou a chave e a examinou cuidadosamente, notando a forma como a luz das lanternas de cristal refletia em sua superfície brilhante. Ele então se aproximou da parede e procurou por uma fechadura que combinasse com a chave.

Depois de alguns momentos de busca, Axel encontrou uma pequena fechadura escondida em uma das pedras da parede. A fechadura estava disfarçada como um relevo, e apenas uma olhar atento poderia notá-la.

Axel inseriu a chave na fechadura e girou-a suavemente. O som de um mecanismo se abrindo ecoou pela câmara, acompanhado por um clique suave.

A seção da parede onde estava a fechadura começou a se mover, revelando uma porta escondida. A porta era feita de madeira escura e polida, com detalhes em ouro que brilhavam à luz das lanternas.

A porta se abriu completamente, revelando um corredor estreito e escuro. O ar que saía do corredor era fresco e limpo, com um cheiro de papel velho e couro.

—Isso é incrível! —exclamou Sophia, olhando para o corredor.

— Vamos ver onde isso nos leva — disse Julian, entrando no corredor.

Eles seguiram pelo corredor, notando como as paredes estavam adornadas com relevos e símbolos antigos. O chão era feito de pedra polida, e o teto estava perdido na escuridão.

O corredor terminava em uma porta circular, adornada com um símbolo lunar. A porta estava fechada, mas Axel notou que havia uma fechadura pequena na lateral.

— Essa deve ser a porta para a câmara das moedas — disse ele.

Axel se aproximou da porta circular, sua mão segurando firmemente a chave. A porta era feita de madeira escura e polida, com detalhes em ouro que brilhavam à luz das lanternas. O símbolo lunar no centro da porta parecia pulsar com uma energia suave.

Axel examinou a fechadura, uma pequena obra-prima de engenharia. A fechadura estava adornada com intrincados relevos, que pareciam contar uma história antiga. A chave se encaixou perfeitamente na fechadura, e Axel girou-a suavemente.

O som de um mecanismo se abrindo ecoou pelo corredor, acompanhado por um clique suave. A porta circular começou a se abrir, revelando uma câmara pequena e circular.

A câmara estava iluminada por uma luz suave e azulada, que parecia vir do desconhecido. O ar dentro da câmara era fresco e limpo, com um cheiro de papel velho e couro.

A parede da câmara estava adornada com relevos intrincados, que pareciam contar a história de Zeferino Ferrez. Os relevos mostravam cenas de sua vida, desde sua juventude até sua morte.

O teto da câmara estava perdido na escuridão, mas parecia estar adornado com estrelas que brilhavam suavemente.

— Isso é incrível! — exclamou Sophia, olhando em volta da câmara.

— Sim, é uma verdadeira obra-prima — concordou Julian.

Eles se aproximaram do pedestal, ansiosos para abrir a caixa e encontrar as quarenta e oito moedas.

Axel se aproximou do pedestal, sua mão segurando firmemente a chave. A caixa de madeira estava adornada com símbolos lunares, que pareciam brilhar à luz suave da câmara.

Ele examinou a fechadura, uma obra-prima de engenharia, com detalhes intrincados que pareciam contar uma história antiga. A fechadura era feita de metal dourado, com uma textura que parecia rugosa ao toque.

Axel encontrou um pequeno botão escondido na lateral da fechadura. O botão estava quase imperceptível, mas Axel sabia que era a chave para abrir a caixa.

Ele pressionou o botão e ouviu um som suave de mecanismos se movendo. A fechadura se abriu com um clique suave, revelando o interior da caixa.

A caixa estava forrada com um tecido de veludo preto, que parecia absorver a luz ao redor. No centro da caixa, as quarenta e oito moedas de ouro brilhavam como pequenos sóis.

— Isso é incrível! — exclamou Sophia. — Elas existem!

— Sim, é uma verdadeira obra-prima — concordou Axel.

Eles se aproximaram da caixa, ansiosos para examinar as moedas mais de perto.

Axel cuidadosamente estendeu sua mão e pegou uma das moedas de ouro. A moeda brilhava à luz da câmara, refletindo a riqueza e o valor que representava.

A moeda tinha um brilho suave e uma textura lisa, característicos do metal precioso. Axel sentiu o peso da moeda em sua mão, notando a densidade e a solidez do ouro.

Ele examinou a moeda com atenção, notando a forma como a luz se refletia em sua superfície. A moeda parecia radiante, como se estivesse emitindo uma luz própria.

— Essas moedas são verdadeiras obras de arte — disse Sophia.

— Sim, e têm um valor incalculável — concordou Julian.

— Zeferino de fato era um gravador extremamente talentoso — disse Axel.

— Sim, elas são o resultado da sua paixão e da sua dedicação — concordou Zara.

Essas moedas eram a "vida" de Zeferino, o resultado de anos de trabalho árduo e dedicação. Cada moeda era um testemunho da sua habilidade e da sua paixão pela numismática.

Axel segurou o saco de couro cheio de moedas de ouro com ambas as mãos, sentindo o peso e a textura do couro contra sua pele. Ele fechou os olhos e respirou profundamente, sentindo a emoção e a gratidão tomarem conta de seu coração.

— Vovô, isso é para você! — disse Axel, com a voz cheia de emoção e respeito. — Você sempre acreditou em mim e me ensinou a nunca desistir. Essas moedas são um tributo à sua memória e ao seu legado.

Axel abriu os olhos e olhou para as moedas, brilhando à luz da câmara. Ele sentiu que estava compartilhando esse momento com seu vovô, como se ele estivesse ao seu lado, sorrindo e orgulhoso.

— Eu sei que você está aqui comigo, vovô — disse Axel. — Eu sinto sua presença e sua orientação. Você sempre me disse que o verdadeiro tesouro não é o ouro ou a riqueza, mas a jornada e as pessoas que você encontra pelo caminho.

Axel sorriu, lembrando-se das histórias que seu vovô lhe contava nas cartas sobre suas próprias aventuras. Ele sentiu que estava continuando a tradição do seu vovô, e que isso era apenas o começo de uma nova jornada.

Axel abriu os braços e sorriu, convidando seus amigos a se juntarem a ele em uma celebração. Sophia, Julian e Zara se aproximaram, seus rostos iluminados por sorrisos de alegria.

— Isso é incrível! — exclamou Sophia, abraçando Axel. — Você fez isso, Axel! Você encontrou o tesouro!

— Eu não poderia ter feito isso sem vocês — disse Axel, abraçando-a de volta. — Vocês foram meus parceiros de aventura desde o começo.

Julian e Zara se juntaram ao abraço, formando um círculo de amigos unidos em uma celebração de vitória.

— Essas moedas são uma prova de que a nossa jornada valeu a pena — disse Julian, segurando uma das moedas de ouro.

— E agora podemos usar esse tesouro para ajudar os outros — acrescentou Zara, sorrindo.

Os quatro amigos se afastaram um pouco, ainda sorrindo, e começaram a dançar em círculo, celebrando o seu sucesso. A câmara ecoou com as suas risadas e aplausos, enquanto eles se divertiam e se felicitavam mutuamente.

Eles estavam ainda comemorando o achado, rindo e dançando em círculo, quando ouviram um som de passos ecoando pela câmara. O som era pesado e deliberado, e parecia estar se aproximando rapidamente. Os passos eram tão fortes que faziam tremer o chão sob os pés de Axel, Sophia, Julian e Zara.

Axel, Sophia, Julian e Zara pararam de dançar e se viraram curiosos, para ver quem era que se aproximava. Eles não esperavam que alguém mais estivesse na câmara, especialmente não agora que haviam encontrado o tesouro. Eles se entreolharam, confusos, e depois se viraram novamente para a entrada da câmara.

Quando o som de passos se aproximou, eles viram uma figura emergir das sombras. Era Malcolm Malice.

— Ah, Axel! — disse Malcolm, sua voz fria e sarcástica. — Eu vejo que vocês encontraram o tesouro. Parabéns.

Malcolm se aproximou do grupo, seus olhos brilhando com uma luz de cobiça. Ele parecia estar ansioso para colocar as mãos no tesouro, e não parecia importar-se com a presença dos amigos de Axel. Ele se moveu com uma confiança que era quase assustadora, como se soubesse que estava no controle da situação.

Seu rosto pálido e cruel iluminado pela luz da câmara. Sua cicatriz, uma linha fina e branca que corria da sobrancelha direita até o canto da boca, parecia se destacar em seu rosto, dando-lhe um ar de perigo e ameaça.

Ele se colocou na frente de Axel, Sophia, Julian e Zara, seus olhos frios e calculistas avaliando a situação. Seu sorriso, um sorriso cruel e sarcástico, se alargou enquanto ele falava.

— Vocês acham que podem me derrotar? — perguntou Malcolm, sua voz fria e ameaçadora. — Vocês acham que podem me impedir de obter o que quero?

Malcolm se aproximou mais, sua cicatriz parecendo se mover enquanto ele falava. Ele se colocou tão perto que Axel, Sophia, Julian e Zara podiam sentir seu hálito frio e ameaçador.

— Eu vou obter essas moedas, não importa o que vocês façam — disse Malcolm, seu sorriso se alargando. — E eu vou fazer vocês pagarem por terem se metido no meu caminho.

Malcolm levantou a mão, sua cicatriz parecendo se destacar enquanto ele fazia um gesto ameaçador. Axel, Sophia, Julian e Zara se prepararam para a luta, sabendo que Malcolm não estava brincando.

De repente, Malcolm sacou uma arma da sua cintura e a apontou para o grupo. A arma era uma pistola preta e brilhante, com um cano longo e fino que parecia estar apontado diretamente para o coração de Axel.

Axel, Sophia, Julian e Zara congelaram de medo, incapazes de se mover ou falar. Eles estavam completamente à mercê de Malcolm, e sabiam que não podiam fazer nada para se defender.

A arma de Malcolm parecia estar apontada diretamente para o coração de Axel, e ele podia sentir o peso da morte pairando sobre si. Ele sabia que se Malcolm apertasse o gatilho tudo estaria acabado.

Sophia, Julian e Zara estavam igualmente aterrorizados, seus olhos fixos na arma de Malcolm com um medo mortal. Eles sabiam que estavam em uma situação desesperadora, e que não havia escapatória.

Malcolm se aproximou mais, sua arma ainda apontada para o grupo. Ele parecia estar desfrutando do poder que tinha sobre eles, e seu sorriso se alargou ainda mais.

— Vocês são meus agora — disse Malcolm, sua voz triunfante. — E vocês farão exatamente o que eu digo.

Nesse momento de tensão, quando Malcolm estava ameaçando os amigos com uma arma, a porta da câmara se abriu e Emily entrou. Ela era uma jovem de cabelos pretos e olhos verdes brilhantes, com um sorriso determinado no rosto. Ela vestia um vestido preto elegante e carregava uma bolsa de couro preto nas mãos.

Emily entrou na câmara com um passo confiante, seus olhos varrendo a sala em busca de qualquer sinal de perigo. Quando ela viu Malcolm com a arma apontada para os amigos, ela sorriu, revelando que ela era cúmplice de Malcolm. Era a mesma moça que os amigos viram no hospital vestida de enfermeira e depois na casa do lago, tudo começava a fazer sentido para eles.

— Ah, papai! — disse Emily, sua voz doce e sedutora. — Eu vejo que você está lidando com a situação.

Malcolm se virou para Emily, sua expressão de raiva substituída por uma de satisfação.

— Emily, minha filha, eu estou feliz que você esteja aqui, eu estava começando a pensar que você não iria aparecer.

Emily se aproximou de Malcolm, seus olhos fixos nele com uma admiração óbvia.

— Eu nunca iria deixar você na mão, pai — disse ela. — Nós somos parceiros, lembra?

Malcolm sorriu, sua arma ainda apontada para os amigos.

— Sim, nós somos — disse ele. — E agora que você está aqui podemos terminar o que começamos.

Emily se virou para os amigos, seus olhos brilhando com uma luz de crueldade.

— Vocês estão em uma situação difícil — disse ela. — Mas não se preocupem, nós vamos cuidar de vocês.

Axel, Sophia, Julian e Zara se entreolharam, horrorizados com a revelação de que Emily era cúmplice e filha de Malcolm. Eles sabiam que estavam em uma situação desesperadora, e que não havia escapatória.

Capítulo 13

REVELAÇÕES

Malcolm se preparou para atirar nos jovens, sua arma apontada diretamente para Axel, Sophia, Julian e Zara. Seu dedo estava no gatilho, pronto para apertar e acabar com a vida deles.

— Não! — gritou Emily, sua voz alta e autoritária. — Pai, não faça isso!

Malcolm se virou para Emily, surpreso com a intervenção dela.

— O que você quer dizer, Emily? — perguntou ele. — Eles são uma ameaça para nós, e precisamos eliminá-los.

Emily se aproximou de Malcolm, seus olhos brilhando com uma ideia sinistra.

— Eu tenho uma ideia melhor — disse ela. — Em vez de matá-los agora, podemos amarrá-los e deixá-los aqui na caverna.

Malcolm levantou uma sobrancelha, intrigado.

— O que você quer dizer? — perguntou ele.

Emily sorriu, sua mente trabalhando rapidamente.

— Nós podemos amarrá-los e deixá-los aqui, para serem devorados vivos pelos insetos e outros animais perigosos que habitam essa caverna — disse ela. — Isso será uma morte muito mais lenta e agonizante do que um simples tiro.

Malcolm pensou por um momento, considerando a ideia de Emily.

— Sim! — disse ele finalmente. — Isso é uma boa ideia, vamos amarrá-los e deixá-los aqui para serem devorados.

Axel, Sophia, Julian e Zara se entreolharam, horrorizados com a ideia de serem devorados vivos por insetos e outros animais perigosos. Eles sabiam que estavam em uma situação desesperadora, e que não havia escapatória.

Malcolm e Emily saíram da caverna, deixando Axel, Sophia, Julian e Zara amarrados e à mercê de seus próprios destinos. A escuridão da caverna envolveu os jovens, e eles ouviram o som dos passos de Malcolm e Emily se afastando.

Os jovens estavam amarrados com cordas grossas e resistentes, que os impediam de se mover ou escapar. Eles estavam completamente à mercê dos insetos e outros animais perigosos que habitavam a caverna.

Axel, Sophia, Julian e Zara começaram a se debater e a tentar se soltar, mas as cordas eram muito fortes e não cediam. Eles estavam presos, e sabiam que não havia escapatória.

A caverna estava silenciosa, exceto pelo som de insetos voando e rastejando pelas paredes. Os jovens ouviram o som de uma horda de besouros vorazes se aproximando, e viram uma sombra escura se mover pelas paredes.

A noite começou a cair sobre a caverna, trazendo consigo uma escuridão profunda e opressiva. Os jovens, ainda amarrados e indefesos, sentiram o peso da noite se abater sobre eles como uma manta de chumbo.

O céu lá fora estava escuro e sem estrelas, e a lua estava nova, deixando a caverna mergulhada em uma escuridão total. O único som era o da respiração dos jovens, que estava cada vez mais rápida e superficial.

A caverna estava fria e úmida, e os jovens sentiam o ar gelado penetrar em seus ossos. Eles estavam amarrados com cordas grossas e resistentes, que os impediam de se mover ou escapar.

A escuridão era tão profunda que os jovens não podiam ver nada além de alguns centímetros à frente deles. Eles estavam completamente isolados e indefesos, à mercê dos insetos e outros animais perigosos que habitavam a caverna.

O silêncio era opressivo, e os jovens sentiam que estavam sendo observados por olhos invisíveis. Eles ouviram o som de insetos rastejando pelas paredes e pelo chão, e sentiram o ar vibrar com o som de asas batendo.

A noite estava cheia de perigos, e os jovens sabiam que estavam em uma situação desesperadora. Eles estavam completamente à mercê da caverna e de seus habitantes, e sabiam que não havia escapatória.

A escuridão parecia se fechar sobre eles como uma armadilha, e os jovens sentiram que estavam sendo sufocados pela noite. Eles estavam presos em uma situação de que não podiam escapar, e sabiam que a noite seria longa e terrível.

De repente, uma figura estranha e sinistra emergiu das sombras da caverna. Ela estava tão imóvel que parecia uma estátua, mas os jovens podiam sentir sua presença, como se ela estivesse irradiando uma aura de perigo.

A figura era alta e magra, com um corpo que parecia ser feito de sombras e trevas. Seu rosto estava oculto por uma máscara de couro preto, que parecia ter sido feita para esconder sua identidade.

Na mão direita, a figura segurava uma faca longa e fina, com uma lâmina que brilhava como um raio de lua no escuro. A faca parecia estar sendo segurada com uma firmeza mortal, como se a figura estivesse pronta para atacar a qualquer momento.

Os jovens podiam sentir o peso da faca, como se ela estivesse sendo apontada diretamente para seus corações. Eles estavam paralisados de medo, incapazes de se mover ou falar.

A figura começou a se aproximar dos jovens, sua faca ainda segura na mão. Ela se movia com uma lentidão deliberada, como se estivesse saboreando o momento.

Os jovens podiam ouvir a respiração da figura, que era lenta e regular. Era como se ela estivesse controlando sua respiração, para não fazer nenhum barulho que pudesse alertar os jovens.

A figura estava agora muito perto dos jovens, sua faca quase tocando seus rostos. Eles podiam sentir o cheiro de metal frio e de couro, e sabiam que estavam em uma situação desesperadora.

A figura sinistra se aproximou dos jovens, sua faca ainda segura na mão. A luz fraca da caverna iluminava seu rosto, revelando contornos suaves e uma pele pálida. A máscara de couro preto que cobria seu rosto começou a ser removida, e os jovens puderam ver a forma de seus olhos, sua boca e seu nariz.

À medida que a máscara era removida, os jovens puderam ver que a figura era Emily. Seu rosto estava pálido e cansado, mas seus olhos brilhavam com um olhar de bondade e determinação. Ela sorriu para os jovens, e sua boca se curvou para cima em um sorriso gentil.

— Eu voltei para ajudá-los — disse Emily, sua voz suave e calorosa. — Eu nunca quis que as coisas chegassem a esse ponto. Eu fui manipulada por Malcolm minha vida toda, e eu não sabia que ele tinha planos tão sinistros. Mas agora que eu sei, eu quero ajudá-los a escapar. Eu sei que o que foi feito foi doloroso e difícil, mas eu fiz o que fiz para protegê-los. Eu não podia deixar que Malcolm os machucasse, então eu fiz o que foi necessário para mantê-los seguros.

— O que fez você mudar de atitude e nos ajudar? — perguntou Sophia.

— Foi no dia em que eu vi vocês no hospital, no dia do incêndio — disse Emily. Sua voz tremendo com emoção. — Eu estava lá, assistindo à cena, e vi a união de vocês, o amor que vocês compartilhavam. Foi como se eu tivesse sido atingida por um raio de luz. Aquela cena mudou minha forma de ver o mundo, fez-me perceber que havia mais na vida do que a dor e o sofrimento que eu havia conhecido até então.

Emily chorou, suas lágrimas caindo como uma chuva silenciosa.

— Eu vi a esperança, a resiliência e o amor que vocês tinham um pelo outro, e isso me fez querer mudar. Fez-me querer ser uma pessoa melhor, fazer o que era certo, e ajudá-los a escapar de meu pai, porém até aquele momento eu não sabia como.

Ela olhou para os jovens com um olhar de tristeza e arrependimento.

— Eu sei que vocês podem não entender agora, mas eu espero que um dia vocês possam me perdoar e entender que eu fiz o que fiz por amor e para protegê-los. A única forma de salvar vocês era deixando vocês amarrados aqui. Eu não posso mudar o passado. Mas eu posso ajudá-los a escapar agora, e é isso que eu vou fazer.

Emily voltou-se para Sophia e lhe perguntou:

— Como seu braço está, Sophia? — disse sorrindo. — Espero que esteja melhor!

Emily olhou para os jovens com um olhar sério e determinado, seus olhos verdes brilhando com uma intensidade que os jovens nunca haviam visto antes. Ela respirou fundo, como se estivesse se preparando para revelar um segredo importante.

— Eu sei que vocês estão se perguntando quem ajudou Sophia quando ela caiu na fenda — disse Emily, sua voz firme e resoluta. — E eu estou aqui para dizer que fui eu!

Os jovens olharam para Emily com surpresa e curiosidade, seus olhos arregalados de interesse. Eles nunca haviam imaginado que Emily poderia ter sido a pessoa que ajudou Sophia.

— Sim, eu fui a pessoa que ajudou Sophia — disse Emily, seu cabelo preto balançando levemente com o movimento. — Eu estava lá, escondida nas sombras, e eu vi Sophia cair. Eu sabia que eu tinha que ajudá-la, então eu corri até ela e a arrastei para longe da fenda. Eu enfaixei seu braço e a deixei na gruta para que vocês a encontrassem.

Os jovens olharam para Emily com admiração e gratidão, seus rostos firmes e resolutos. Eles sabiam que Emily havia feito algo incrível ao ajudar Sophia, e eles estavam agradecidos por isso.

— Por que você não disse nada antes? — perguntou Axel, sua voz cheia de curiosidade.

Emily sorriu levemente.

— Eu não queria que vocês soubessem — disse ela. — Eu queria que vocês pensassem que foi um acaso, que Sophia havia sido salva por sorte. Mas agora que vocês sabem, eu quero que vocês saibam que eu estou aqui para ajudá-los, sempre que precisarem!

Os jovens assentiram em uníssono, seus olhos brilhando com gratidão. Eles sabiam que Emily era uma pessoa incrível, e eles estavam agradecidos por terem ela como amiga.

Emily começou a trabalhar na corda que amarrava os jovens, sua faca cortando facilmente o tecido. Ela movia-se com uma eficiência silenciosa, sua mão segura e firme. A corda começou a se desenrolar, e os jovens puderam sentir a liberdade se aproximando.

— Vamos, precisamos sair daqui — disse Emily, sua voz urgente. — Malcolm pode voltar a qualquer momento, e eu não quero que vocês sejam pegos novamente, vamos, vamos!

Os jovens estavam confusos e surpresos, mas também estavam gratos por Emily ter voltado para ajudá-los. Eles sabiam que ela havia sido uma cúmplice de Malcolm, mas agora ela estava fazendo o que era certo.

Capítulo 14

O RIO CAÍDO

Os jovens e Emily começaram a se mover rapidamente, suas pernas e pés se deslocando em uníssono enquanto eles tentavam escapar da caverna. A escuridão era total, mas Emily parecia conhecer o caminho, guiando os jovens com uma confiança que os surpreendeu.

A caverna era um labirinto de túneis e câmaras, e Emily os levou por um caminho sinuoso que os jovens não teriam conseguido seguir sozinhos. Eles ouviram o som de água corrente à distância, e logo estavam seguindo um riacho que corria pelo chão da caverna.

O ar estava frio e úmido, e os jovens podiam sentir a umidade penetrando em seus ossos. Mas eles não se importavam, pois estavam finalmente livres da prisão de Malcolm.

Emily os levou por um túnel estreito e baixo, e os jovens tiveram que se agachar para evitar bater a cabeça no teto. O túnel era longo e sinuoso, mas finalmente eles viram uma luz à distância.

À medida que se aproximavam da saída da caverna, os jovens avistaram um raio de luz que se infiltrava pelas rochas. Era uma luz suave e tênue, mas suficiente para iluminar o caminho à frente. Os jovens sentiram um surto de energia e esperança, e aceleraram o passo, suas pernas e pés se movendo em sincronia enquanto eles se esforçavam para alcançar a liberdade. A luz cresceu em intensidade à medida que se aproximavam da saída, e os jovens puderam sentir o calor do sol em suas peles, um contraste agradável com o frio e a umidade da caverna.

Finalmente, eles emergiram da caverna, e os jovens foram atingidos pela luz do sol. Eles fecharam os olhos, protegendo-os da intensidade da luz, e respiraram fundo o ar fresco e limpo.

Os jovens olharam para Emily com um olhar determinado, seus rostos firmes e resolutos. Eles sabiam que tinham que fazer o que era necessário para deter Malcolm e proteger o vale. Mas havia algo mais que eles queriam alcançar: recuperar as moedas de ouro que Malcolm havia roubado.

Os cinco jovens, Julian, Axel, Sophia, Zara e Emily, chegaram ao local onde a embarcação Águia do *Rio* estava ancorada, mas ao se aproximarem eles perceberam que algo estava errado. A embarcação não estava mais flutuando na superfície da água, mas sim estava submersa, com apenas a proa ainda visível acima da linha d'água.

— Não é possível! — exclamou Julian, sua voz cheia de descrença. — A Águia do *Rio* foi afundada!

Axel, que estava ao lado de Julian, olhou para a embarcação com uma expressão de raiva.

— Malcolm deve ter feito isso — disse ele, sua voz firme. — Ele não quer que nós usemos a Águia do *Rio* para escapar.

Sophia, que estava um pouco atrás dos dois, se aproximou e olhou para a embarcação com uma expressão de tristeza.

— E agora? — perguntou ela, sua voz cheia de desespero. — Como vamos escapar sem a *Águia do Rio*?

Zara, que estava ao lado de Sophia, olhou para a área em volta e viu que estava deserta.

— Não há ninguém por perto — disse ela, sua voz baixa. — Acho que estamos sozinhos aqui.

Emily, que estava um pouco afastada dos outros, olhou para a embarcação com uma expressão de preocupação.

— Isso é um problema sério — disse ela, sua voz firme. — Precisamos encontrar outra maneira de escapar.

Julian olhou para Emily e viu que ela estava pensativa.

— O que você está pensando, Emily? — perguntou ele.

Emily olhou para os outros e disse:

— Acho que podemos seguir em frente. Talvez encontremos outra maneira de escapar.

Emily olhou para os outros jovens com uma expressão de determinação.

— Eu sei que a Águia do *Rio* foi afundada — disse ela. — Mas eu acho que podemos encontrar outra maneira de escapar.

Julian, Axel, Sophia e Zara olharam para Emily com curiosidade, esperando que ela continuasse.

— Eu estive pensando... — disse Emily. — E eu acho que podemos passar pelo Rio Caído.

Os outros jovens se entreolharam, surpresos com a sugestão de Emily. O Rio Caído era um gigantesco desfiladeiro, um canyon imenso que havia sido formado por um rio que havia secado há milhares de anos. As paredes do desfiladeiro eram íngremes e rochosas, e o fundo era uma vasta planície de pedra e areia, salpicada de cristais negros e afiados que pareciam como dentes de uma criatura pré-histórica, eram como lanças que se erguiam do chão. Os cristais, que pareciam ter sido plantados ali por alguma força maligna, davam ao desfiladeiro um ar de malevolência e perigo. A atmosfera era pesada e opressiva, e o silêncio era apenas quebrado pelo som do vento que sussurrava através dos cristais, criando um som sinistro e inquietante.

— O Rio Caído? — repetiu Julian. — Mas isso é perigoso! As paredes são íngremes e o fundo é cheio de rochas, areia e sei mais lá o quê...

Emily assentiu.

— Sim, eu sei que é perigoso — disse ela. — Mas eu acho que é nossa melhor opção. O desfiladeiro é estreito e podemos usar as paredes para nos esconder. Além disso, o fundo tem alguns lugares planos e podemos correr sem problemas.

Axel franziu a testa.

— Mas e se formos vistos? — perguntou ele.

Emily hesitou por um momento antes de responder.

— Eu sei que é um risco — disse ela. — Mas eu acho que vale a pena tentar. O Rio Caído é nossa melhor chance de escapar. E se nós formos cuidadosos, podemos evitar ser vistos.

Sophia e Zara se entreolharam, e então olharam para Emily.

— Estamos com você — disse Sophia. — Vamos tentar.

Zara concordou.

— Sim, vamos fazer isso.

Julian e Axel se entreolharam, e então olharam para Emily.

— Ok — disse Julian. — Vamos fazer isso.

Os cinco jovens se prepararam para seguir em frente, determinados a passar pelo Rio Caído e escapar. Eles sabiam que seria uma jornada difícil e perigosa, mas estavam dispostos a correr o risco.

Os jovens começaram a descer o Rio Caído, suas mãos e pés encontrando apoio nas rochas íngremes e escorregadias. O sol batia forte sobre eles, fazendo com que o suor escorresse por suas faces e braços. O ar era quente e seco, e o silêncio era apenas quebrado pelo som do vento que sussurrava através dos cristais pontudos que se erguiam do fundo do desfiladeiro.

Emily liderava o grupo, sua mochila nas costas e sua corda em mãos. Ela olhava para baixo, seus olhos procurando por um caminho seguro através das rochas e cristais. Julian e Axel seguiam logo atrás, suas faces tensas de concentração. Sophia e Zara vinham por último, suas mãos dadas em uma tentativa de se manterem equilibradas.

O desfiladeiro era estreito e profundo, com paredes que se erguiam verticalmente por centenas de metros. O fundo era um labirinto de cristais pontudos e afiados, que pareciam como lanças que se erguiam do chão. O ar era pesado e opressivo, e o silêncio era apenas quebrado pelo som do vento que sussurrava através dos cristais.

À medida que os jovens desciam, o sol começou a se pôr, lançando uma luz alaranjada sobre o desfiladeiro. As sombras se alongavam e se tornavam mais escuras, fazendo com que os jovens se sentissem ainda mais isolados e vulneráveis. Eles sabiam que tinham que se apressar, antes que a noite caísse e tornasse ainda mais difícil a descida.

Os jovens continuaram a descer, suas mãos e pés encontrando apoio nas rochas íngremes e escorregadias. Eles sabiam que estavam correndo um grande risco, mas estavam determinados a alcançar o fundo do desfiladeiro e encontrar uma saída.

À medida que os jovens desciam o desfiladeiro, eles começaram a encontrar obstáculos que os impediam de continuar em frente. O primeiro obstáculo foi uma grande rocha que havia caído do topo do desfiladeiro e bloqueava o caminho. A rocha era enorme, com mais de dez metros de diâmetro, e parecia impossível de ser movida.

Emily, que estava liderando o grupo, olhou para a rocha e franziu a testa.

— Isso é um problema — disse ela. — Não podemos passar por cima dela, e não podemos contorná-la.

Julian, que estava ao lado de Emily, olhou para a rocha e sugeriu que eles tentassem empurrá-la.

— Talvez possamos empurrá-la para fora do caminho — disse ele.

Axel, que estava um pouco atrás, discordou.

— Não é seguro — disse ele. — Se a rocha caísse, poderia nos esmagar.

Sophia, que estava observando a rocha, sugeriu que eles procurassem por uma outra maneira de passar.

— Talvez haja uma fenda ou uma abertura que possamos usar — disse ela.

Zara, que estava ao lado de Sophia, concordou.

— Sim, vamos procurar por uma outra maneira de passar.

Os jovens começaram a procurar por uma outra maneira de passar, examinando a rocha e o desfiladeiro em busca de uma solução. Depois de alguns minutos de busca, Emily encontrou uma pequena fenda na parede do desfiladeiro, que parecia ser grande o suficiente para que eles passassem.

— Eu encontrei uma fenda! — exclamou Emily. — Podemos passar por ela!

Os jovens se reuniram em torno da fenda e examinaram-na. A fenda era estreita e profunda, e parecia ser o único caminho possível.

— Vamos ter que nos apertar para passar — disse Julian.

— Sim, e vamos ter que ser cuidadosos para não cair — acrescentou Sophia.

Os jovens se prepararam para passar pela fenda, respirando fundo e se apertando para caber no espaço estreito. Eles sabiam que era um risco, mas estavam determinados a continuar em frente e encontrar uma saída do desfiladeiro.

À medida que os jovens passavam pela fenda, eles se sentiram aliviados por terem encontrado uma maneira de superar o obstáculo. Mas sabiam que ainda havia muitos outros obstáculos à frente, e que precisariam estar preparados para enfrentá-los.

A fenda era estreita e profunda, e eles tiveram que se apertar para caber no espaço estreito. Eles se sentiram como se estivessem passando por um túnel, com as paredes do desfiladeiro se erguendo acima deles como se fossem paredes de uma prisão.

Quando eles finalmente saíram da fenda, eles se encontraram em uma área mais aberta do desfiladeiro. O sol ainda estava brilhando, mas a luz era mais fraca agora, e as sombras estavam começando a se alongar. Os jovens olharam em volta, procurando por qualquer sinal de perigo ou obstáculo.

Eles continuaram a descer o desfiladeiro, suas lanternas iluminando o caminho à frente. Os cinco estavam em silêncio, concentrados em encontrar uma saída do desfiladeiro. O ar estava ficando mais frio e mais úmido, e eles podiam ouvir o som de água corrente ao longe.

À medida que eles continuavam a descer, o desfiladeiro foi se estreitando e as paredes foram se erguendo acima deles. Os jovens tiveram que se apertar para caber no espaço estreito, e suas lanternas iluminavam as paredes do desfiladeiro, criando sombras estranhas.

Eles continuaram a descer, suas botas ecoando nas paredes do desfiladeiro. O som da água corrente foi ficando mais forte, e eles sabiam que estavam se aproximando de um rio ou de uma cachoeira.

De repente, o desfiladeiro se abriu em uma grande caverna, e os jovens se encontraram em uma área mais aberta. A caverna era enorme, com uma altura de mais de vinte metros, e as paredes estavam cobertas de cristais brilhantes.

Os jovens se reuniram no centro da caverna, olhando em volta em silêncio. Eles estavam impressionados com a beleza da caverna, e sabiam que estavam se aproximando de uma saída do desfiladeiro.

Eles continuaram a seguir em frente, suas lanternas iluminando o caminho à frente. A caverna foi se estreitando novamente, e os jovens tiveram que se apertar para caber no espaço estreito.

Eles continuaram a descer, suas botas ecoando nas paredes da caverna. O som da água corrente foi ficando mais forte, e eles sabiam que estavam se aproximando de uma saída do desfiladeiro.

Mas, de repente, o desfiladeiro se fechou à frente deles, e os jovens se encontraram diante de uma parede de pedra sólida. Eles se reuniram, olhando em volta em silêncio, e sabiam que tinham que encontrar uma maneira de superar o obstáculo.

Os jovens se reuniram diante da parede de pedra sólida, olhando em volta em silêncio. Eles sabiam que tinham que encontrar uma maneira de superar o obstáculo, mas não havia nenhum caminho visível. De repente, Emily notou uma coisa suspensa acima deles.

—Olhem! — disse ela, apontando para cima. — Há uma ponte de cordas suspensa!

Os jovens olharam para cima e viram a ponte de cordas suspensa, balançando levemente no ar. A ponte era feita de cordas grossas e resistentes, mas parecia muito velha e desgastada. Ela se estendia de uma parede do desfiladeiro à outra, passando sobre um abismo profundo.

— Acho que essa é a nossa única opção — disse Julian, olhando para a ponte com uma expressão de preocupação.

— Mas ela parece muito instável — disse Sophia, franzindo a testa.

— Não temos escolha — disse Axel, olhando para a ponte com uma expressão de determinação. — Vamos ter que atravessar.

Antes de começar a atravessar a ponte suspensa, os jovens decidiram tomar uma precaução adicional para garantir sua segurança. Eles amarraram a corda uns nos outros, formando uma cadeia humana que os manteria unidos e seguros enquanto atravessavam o abismo. Emily amarrou a corda em torno da cintura de Julian, que por sua vez amarrou a corda em torno da cintura de Axel. Sophia e Zara fizeram o mesmo, formando uma cadeia de cinco pessoas que se seguravam umas às outras.

Julian foi o primeiro a começar a atravessar, segurando-se com força às cordas da ponte. Ele se moveu lentamente, tentando não olhar para baixo. O abismo abaixo dele parecia profundo e escuro, e ele sabia que se caísse, não haveria como se salvar.

Quando Julian chegou ao meio da ponte, ela parou e olhou para trás. Os outros jovens estavam logo atrás dele, segurando-se uns aos outros e tentando não olhar para baixo.

— Vamos! — gritou Julian, tentando animá-los. — Podemos fazer isso!

Os jovens continuaram a atravessar a ponte, rangendo e balançando sob seus pés. Eles se sentiam instáveis e com medo, mas sabiam que tinham que continuar em frente.

De repente, a ponte suspensa se rompeu com um som de estouro, deixando os jovens pendurados uns nos outros pelas cordas. A ponte se desfez em pedaços, caindo no abismo abaixo deles. Os jovens se viram pendurados no ar, segurando-se uns aos outros pelas cordas que os amarravam.

Julian, que estava na primeira posição da cadeia, sentiu o peso dos seus amigos pendurados nele. Mas Emily, que era a última da cadeia, não conseguiu se segurar. Ela se viu dependurada no ar, segurando-se apenas pela corda que a amarrava a Julian. Ela sentiu o peso do seu próprio corpo puxando-a para baixo, e sabia que se não fizesse algo rápido a corda poderia se romper, deixando-a cair no abismo.

Emily começou a se debater, tentando encontrar um jeito de se segurar melhor à corda. Ela gritou de medo e desespero, sentindo o suor escorrer por sua face. Os outros jovens, que estavam pendurados uns nos outros, também estavam gritando de medo, mas Emily sabia que ela era a única que poderia fazer alguma coisa, ou todos iriam cair no desfiladeiro.

Com um esforço sobre-humano, Emily conseguiu se segurar melhor à corda. Ela começou a puxar-se para cima, tentando encontrar um jeito de se salvar. A corda estava esticada ao máximo, e Emily sentia como se estivesse sendo puxada para baixo. Mas ela não desistiu. Ela continuou a puxar, gritando de esforço e determinação.

Os outros jovens também estavam se debatendo, tentando encontrar um jeito de se salvar. Eles se seguravam uns aos outros, gritando de medo e desespero. A situação era crítica, e eles sabiam que tinham que agir rápido para se salvar.

A corda que segurava Julian começou a se romper, fibras por fibras. Ele podia sentir a corda se esticando ao máximo, e depois, lentamente, começando a se desfazer. A corda emitia um som de estouro, como se estivesse sendo rasgada ao meio.

Julian sentiu um arrepio de medo quando percebeu que a corda estava se rompendo. Ele sabia que, se a corda se rompesse completamente, todos cairiam no abismo abaixo. Ele começou a se debater, tentando encontrar um jeito de se segurar melhor à corda, mas era tarde demais.

A corda continuou a se romper, fibras por fibras. Julian podia sentir a corda se desfazendo em suas mãos, e sabia que estava perdendo a sua última chance de se salvar. Ele gritou de medo e desespero, sentindo a corda se romper cada vez mais.

A corda estava agora quase completamente rompida. Julian podia sentir o seu próprio peso puxando-o para baixo, e sabia que estava a ponto de cair. Ele fechou os olhos, preparando-se para o pior, mas então...

Os amigos estavam pendurados no ar, segurando-se uns aos outros pelas cordas que os amarravam. A corda estava se rompendo, e eles sabiam que não havia muito tempo. Emily olhou para seus amigos com uma expressão triste e determinada:

— Precisamos diminuir o peso...

— Como assim, Emily? O que você quer dizer com isso? — perguntou Sophia desesperada.

— Eu tenho que fazer isso — disse Emily, com uma voz firme. — A corda está se rompendo, ela não vai aguentar todo o nosso peso. Eu sou a única que pode fazer isso.

— Não faça isso, Emily! — gritou Julian, com lágrimas nos olhos. — Há de ter outro jeito!

— Não há outro jeito — respondeu Emily. — Eu sou a única que pode salvar vocês. E eu vou fazer isso.

— Emily, por favor... — suplicou Sophia. — Não faça isso. Nós não podemos viver sem você.

— Eu também não quero que você faça isso, Emily — disse Axel, com uma voz triste. — Nós somos uma equipe, nós temos que ficar juntos.

— Eu sei que é difícil — respondeu Emily. — Mas eu tenho que fazer isso. Eu não quero que vocês morram por minha causa. Eu amo vocês demais.

— Emily, não! — gritou Julian novamente. — Não faça isso!

Mas Axel não desistiu.

— Emily, espere! — gritou ele. — Nós podemos tentar encontrar outro jeito! Nós podemos...

— Axel — disse Emily. — Perdoe-me por ter colocado fogo na sua casa, eu sinto muito...

Todos desesperados gritavam para tentar impedi-la de cortar sua corda, o tempo se esgotava.

Mas era tarde demais. Emily já havia tomado sua decisão. Ela olhou para seus amigos com uma expressão triste e determinada, e então começou a cortar sua corda com uma faca.

— Não! — gritaram seus amigos em uníssono, mas era tarde demais. A corda de Emily se rompeu e ela caiu no abismo abaixo.

Seus amigos ficaram pendurados no ar, gritando de desespero e tristeza. Eles não podiam acreditar que Emily havia se sacrificado para salvá-los. Eles estavam arrasados de dor e tristeza, e sabiam que nunca esqueceriam o que Emily havia feito por eles.

Os amigos saíram do abismo arrasados de tristeza, carregando o peso da perda de Emily. Eles estavam em choque, não conseguindo acreditar que a sua amiga havia se sacrificado para salvá-los.

Julian estava com os olhos vermelhos de chorar, a sua face estava contorcida de dor. Ele não conseguia falar, apenas soluçava, enquanto caminhava atrás dos outros.

Sophia estava com a cabeça baixa, os seus olhos estavam cheios de lágrimas. Ela não conseguia olhar para cima, não conseguia enfrentar a realidade da perda de Emily.

Axel estava com a expressão endurecida, os seus olhos estavam secos, mas a sua voz estava trêmula. Ele estava tentando manter a calma, mas era claro que ele estava lutando para controlar as suas emoções.

Zara estava com os braços ao redor de Sophia, tentando confortá-la. Ela estava chorando também, mas estava tentando ser forte para os outros.

Eles caminharam em silêncio, não conseguindo falar, não conseguindo encontrar as palavras para expressar a sua dor. Eles estavam arrasados, estavam destruídos pela perda de Emily.

Quando finalmente saíram do abismo, eles se sentaram no chão, exaustos, física e emocionalmente. Eles não conseguiam mais continuar, não conseguiam mais enfrentar a realidade da perda de Emily.

Eles se sentaram em silêncio, por um longo tempo, apenas chorando, apenas lamentando a perda da sua amiga. Eles sabiam que nunca mais seriam os mesmos, que nunca mais poderiam voltar ao que eram antes da perda de Emily.

Finalmente, após um longo tempo, Axel falou, com uma voz trêmula.

— Nós temos que continuar — disse ele. — Nós temos que continuar em frente, por Emily.

Julian e Sophia olharam para ele, com os olhos vermelhos de chorar. Zara apertou os braços ao redor de Sophia, tentando confortá-la.

— Ele está certo — disse Zara, com uma voz suave. — Nós temos que continuar em frente, por Emily. Ela não queria que nós nos déssemos por vencidos.

Eles se levantaram, lentamente, e começaram a caminhar, novamente. Eles sabiam que nunca mais seriam os mesmos, que nunca mais poderiam voltar ao que eram antes da perda de Emily. Mas eles também sabiam que tinham que continuar em frente, por Emily, por si mesmos.

Capítulo 15

A MORTE DE MALCOLM MALICE

Os amigos finalmente chegaram do outro lado do desfiladeiro, mas não havia nenhum senso de conquista ou alegria em seus corações. Eles estavam tristes e abatidos, e a paisagem ao redor deles parecia refletir seu estado de espírito.

A luz do sol estava fria e sem vida, e as montanhas distantes pareciam sombrias e opressivas. A área aberta e plana onde eles se encontravam parecia vazia e desolada, sem nada de interessante ou belo para ver.

Os amigos se sentaram no chão, exaustos e desanimados, e olharam em volta com olhos vazios. Eles não viam beleza em nada, apenas uma vasta extensão de desolação e tristeza.

Julian falou em voz baixa, quebrando o silêncio.

— Nós fizemos isso — disse ele, mas sem nenhum entusiasmo ou orgulho. — Nós superamos o desfiladeiro, vencemos o Rio Caído.

Sophia olhou para ele com olhos tristes.

— Sim, nós fizemos — disse ela. — Mas para quê? Emily não está mais conosco.

Axel se levantou e olhou em volta, mas não viu nada de interessante.

— Onde estamos? — perguntou ele, sem muita curiosidade.

Eles estavam em um vale rodeado por sequoias gigantes, com troncos grossos e retos que se estendiam até o céu. O vale era coberto por uma camada de musgo macio e verde, que amortecia os passos dos amigos. O ar estava cheio de um cheiro doce e floral, que parecia vir das próprias árvores.

No centro do vale, havia uma grande quantidade de cristais de todos os tamanhos e cores, espalhados pelo chão. Os cristais refletiam a luz do sol e criavam um efeito de milhares de pequenas luzes cintilantes. Eles pareciam estar crescendo diretamente do solo, como se estivessem sendo nutridos pela energia da terra.

As sequoias gigantes estavam dispostas em torno do vale, como se estivessem guardando o segredo dos cristais. Elas estavam muito próximas umas das outras, criando um efeito de labirinto, com os amigos tendo que se esquivar e contornar para evitar as árvores.

Os amigos estavam exaustos, física e emocionalmente. Eles haviam passado por uma série de desafios e obstáculos desde a morte de Emily, e a dor da sua perda ainda estava intensa.

À medida que o sol começou a se pôr no horizonte, os amigos se sentaram no musgo macio e verde do vale, cercados pelos cristais brilhantes. Eles estavam todos silenciosos, perdidos nos seus próprios pensamentos e memórias de Emily.

Julian estava com os olhos fechados, respirando profundamente, tentando relaxar. Sophia estava com a cabeça apoiada nas mãos, olhando para o chão, perdida em pensamentos. Axel estava com os braços cruzados, olhando para o céu, sentindo a dor da perda da sua amiga. Zara estava com os olhos abertos, olhando para os cristais, sentindo a energia da natureza.

À medida que o tempo passava, os amigos começaram a se sentir mais relaxados. Eles estavam todos exaustos, e o sono começou a se aproximar. Julian foi o primeiro a adormecer, seguido por Sophia e Axel. Zara foi a última a se render ao sono, mas logo ela também estava dormindo profundamente.

Os amigos estavam todos adormecidos, cercados pelos cristais brilhantes do vale. Eles estavam todos sentindo a dor da perda da sua amiga querida, mas no sono eles encontraram um pouco de alívio. Eles estavam todos juntos, mesmo no sono, e isso os fazia se sentir mais seguros.

O vale dos cristais estava silencioso, com apenas o som do vento suave e o brilho dos cristais. Os amigos estavam todos adormecidos, cercados pela beleza da natureza.

Mas essa sensação de segurança foi brutalmente interrompida quando Malcolm, o vilão, apareceu no vale. Ele estava com um sorriso cruel no rosto e um brilho nos olhos. Ele se aproximou dos amigos e começou a gritar, fazendo com que eles acordassem com um sobressalto.

— Vocês ainda estão vivos? — gritou Malcolm, surpreso e furioso. — Vocês pensam que podem escapar de mim? Eu pensei que havia acabado com vocês há muito tempo! Mas agora que vocês estão aqui, eu vou terminar o que comecei!

Os amigos se sentaram rapidamente, ainda confusos e sonolentos. Eles olharam em volta e viram Malcolm parado na frente deles, com um olhar de desprezo no rosto. A cicatriz no lado direito do rosto de Malcolm parecia mais profunda e mais vermelha do que nunca, como se estivesse pulsando com uma energia maligna.

Malcolm se aproximou dos amigos, seus olhos estreitados em uma expressão de raiva e curiosidade.

— Como é possível que vocês ainda estejam vivos? — perguntou ele, sua voz baixa e ameaçadora. Eu os havia deixado amarrados na caverna da Águia Solitária, para serem devorados pelos insetos e outros bichos que habitam aquele lugar. Eu pensei que vocês haviam sido deixados para morrer uma morte lenta e agonizante, sem chance de escapar.

Ele se aproximou mais ainda, seu rosto a poucos centímetros do de Julian.

— Você deve ter tido ajuda — disse ele, sua voz cheia de suspeita. — Ninguém pode escapar da caverna da Águia Solitária sozinho. Quem os ajudou?

Julian não respondeu, apenas olhou para Malcolm com uma expressão de desafio. Malcolm então se virou para Sophia.

— Vocês devem ter encontrado um jeito de se libertar — disse ele. — Mas como? A caverna é conhecida por ser impossível de escapar.

Sophia também não respondeu, apenas olhou para Malcolm com uma expressão de medo. Malcolm então se virou para Axel e Zara.

— Vocês dois são os mais surpreendentes — disse ele. — Eu pensei que vocês haviam sido deixados para serem comidos pelos insetos e outros bichos. Como é possível que vocês ainda estejam vivos?

Axel e Zara não responderam, apenas olharam para Malcolm com uma expressão de desafio. Malcolm então se afastou deles, sua expressão de raiva e curiosidade cada vez mais intensa.

— Eu preciso saber — disse ele. — Eu preciso saber como vocês conseguiram escapar da caverna da Águia Solitária. Eu preciso saber o que os mantém vivos.

Ele começou a andar em círculos em torno dos amigos, sua mente trabalhando furiosamente para encontrar uma resposta.

Os amigos se entreolharam nervosamente, sabendo que tinham que revelar a verdade sobre sua fuga da caverna da Águia Solitária, onde haviam sido deixados para morrer. O sol começava a se pôr, lançando um brilho dourado sobre as árvores altas e os arbustos densos que os cercavam. Malcolm os havia pressionado para que revelassem como haviam conseguido escapar, e eles sabiam que não podiam mais manter o segredo.

— Foi Emily — disse Julian finalmente. Sua voz baixa e hesitante, como se ele estivesse revelando um segredo que poderia mudar o curso da história. — Ela nos ajudou a escapar.

Os olhos de Malcolm se estreitaram, como se uma faca tivesse sido enfiada em seu coração. Sua expressão se contorceu em uma mistura de raiva e traição, como se ele estivesse lutando para entender como sua própria filha poderia tê-lo traído.

— Emily? — repetiu ele. Sua voz tremendo de dor e surpresa, como se as palavras estivessem sendo arrancadas de sua garganta. — Minha própria filha? — sussurrou ele. Sua voz cheia de incredulidade e pesar. — Como é possível que ela tenha me traído? Como é possível que ela tenha me abandonado assim?

Sophia sacudiu a cabeça, seus cabelos loiros balançando levemente.

— Ela não queria nos ver morrer — disse ela. Sua voz suave e compassiva. — Ela sabia que a caverna era um lugar perigoso e que nós não poderíamos sobreviver sozinhos.

Axel e Zara assentiram em concordância, seus olhos ainda cheios de gratidão pela ajuda de Emily. Eles sabiam que Emily havia arriscado tudo para ajudá-los, e que sua lealdade era inegociável.

A expressão de Malcolm se desfez, revelando uma profunda ira e fúria. Seus olhos se inflamaram, como se estivessem queimando de raiva.

— Minha filha — gritou ele, sua voz tremendo de indignação e furor. — Como é possível que ela tenha me traído? — Ele pausou, como se estivesse procurando por respostas em um mundo que havia sido virado de cabeça para baixo. — Eu pensei que ela fosse leal a mim — rugiu ele, sua voz cheia de raiva e desdém. — Eu pensei que ela me respeitava, que ela me temia. Mas agora... Agora eu vou fazer com que ela pague por sua traição! — Ele explodiu em uma fúria incontrolável, seu rosto vermelho de raiva, seus punhos cerrados em uma ameaça implacável.

Os amigos se entreolharam nervosamente, sabendo que tinham que lidar com a dor e a raiva de Malcolm. Eles precisavam revelar a verdade sobre o que havia acontecido no desfiladeiro.

— Onde minha filha está? — esbravejou Malcolm em fúria. — Ela terá o castigo que merece.

— Isso não será necessário, Malcolm — respondeu Axel encarando o homem.

— Não será necessário por qual motivo, seu imbecil?

— Ela se sacrificou para salvar nossas vidas! — respondeu Axel com lágrimas nos olhos.

Os olhos de Malcolm se estreitaram, como se ele estivesse tentando entender algo que estava além de sua compreensão. Sua expressão se contorceu em uma mistura de raiva e confusão, como se ele estivesse lutando para aceitar a verdade.

— O que vocês querem dizer? — perguntou ele, sua voz tremendo de emoção, como se as palavras estivessem sendo arrancadas de sua garganta. — Como é possível que Emily tenha se sacrificado por vocês? — Ele pausou, como se estivesse mais uma vez procurando por respostas em um mundo que havia sido virado de cabeça para baixo. — Isso não pode ser verdade — disse ele, sua voz cheia de descrença e desespero.

Julian sacudiu a cabeça.

— Sim, ela fez — disse ele. — Ela sabia que era o único jeito de nos salvar, e ela o fez sem hesitar.

A fúria de Malcolm se acendeu como uma chama que havia sido alimentada por anos de raiva e ressentimento. Seus olhos se transformaram em dois buracos negros que pareciam sugar a luz ao redor, deixando apenas uma sensação de escuridão e desespero. Sua face se contorceu em uma expressão de raiva e ódio, como se ele estivesse lutando para controlar a fúria que estava crescendo dentro dele.

Com um movimento rápido e brusco, Malcolm se levantou e agarrou os amigos, amarrando-os nas árvores com cordas grossas e resistentes. Ele trabalhava com uma eficiência brutal, como se estivesse executando uma tarefa que havia sido planejada com antecedência.

Julian, Sophia, Axel e Zara se debateram e gritaram, tentando se libertar das cordas que os prendiam. Mas Malcolm era forte demais, e ele os amarrou com uma força que parecia impossível de quebrar.

Quando ele terminou, os amigos estavam presos às árvores, incapazes de se mover ou escapar. Malcolm se afastou deles, seus olhos ainda cheios de raiva e ódio. Ele os olhou com uma expressão de desdém e desprezo, como se estivesse vendo-os pela primeira vez.

— Vocês são responsáveis pela morte de minha filha — disse ele, sua voz baixa e ameaçadora. — Vocês a abandonaram no desfiladeiro, e agora ela está morta. Vocês são culpados de seu assassinato.

Os amigos se olharam nervosamente, sabendo que estavam em grave perigo. Eles tentaram explicar o que havia acontecido, mas Malcolm não quis ouvir. Ele estava convencido de que eles eram culpados, e que mereciam ser punidos.

— Agora vocês vão pagar pelo que fizeram — disse ele, sua voz cheia de raiva e vingança. — Vocês vão pagar por terem matado minha filha.

Malcolm apontou uma arma em direção aos amigos, seus olhos ainda cheios de raiva e ódio. A arma parecia uma extensão de sua mão, como se estivesse crescendo dela. Ele a segurava com firmeza, como se estivesse preparado para usá-la a qualquer momento.

Ele repetia incansavelmente:

— Vocês são responsáveis pela morte de minha filha, vocês a abandonaram no desfiladeiro, e agora ela está morta. Vocês são culpados de seu assassinato. Vocês vão pagar pelo que fizeram — disse ele, sua voz tremendo de raiva e vingança. — Vocês vão pagar por terem tirado a vida da minha filha, por terem destruído a minha família. Vocês vão pagar por sua crueldade e sua falta de compaixão.

Malcolm começou a se aproximar dos amigos, a arma ainda apontada em direção a eles. Ele parecia estar se divertindo com a situação, como se estivesse gostando de ver os amigos tremendo de medo.

— Vocês deviam ter pensado nisso antes de abandonar minha filha — disse ele, sua voz cheia de desdém. — Vocês deviam ter pensado nas consequências de suas ações.

Os amigos se debateram e gritaram, tentando se libertar das cordas que os prendiam. Mas Malcolm era forte demais, e ele os manteve presos com facilidade.

— Agora é tarde demais para pedir desculpas — disse ele, sua voz cheia de raiva e vingança. — Agora é tarde demais para tentar se justificar. Vocês vão pagar pelo que fizeram, e vão pagar com suas vidas.

Malcolm levantou a arma e apontou diretamente para a cabeça de Julian. O jovem fechou os olhos, preparando-se para o pior. Mas então algo inesperado aconteceu...

De repente, uma flecha com a ponta feita de cristal apareceu no ar, voando em direção a Malcolm com uma precisão mortal. A flecha parecia ter sido lançada por uma mão invisível, e sua trajetória era tão certa que parecia impossível errar o alvo.

Malcolm, ainda segurando a arma e ameaçando os amigos, não percebeu o perigo que se aproximava. Ele estava completamente absorvido em sua raiva e vingança, e não notou a flecha até que ela o atingiu diretamente no coração.

A flecha enterrou-se profundamente no peito de Malcolm, e ele sentiu um choque violento que o fez perder o fôlego. Ele olhou para baixo, surpreso, e viu a flecha cravada em seu coração, com a ponta de cristal brilhando à luz do sol.

Os amigos, que estavam presos às árvores, olharam em choque enquanto Malcolm caía ao chão, a arma escapando de sua mão. Eles não podiam acreditar no que estavam vendo — Malcolm, o homem que os havia ameaçado e torturado, estava agora caído ao chão, morto.

A flecha de cristal parecia ter sido feita para matar, e havia cumprido seu propósito com perfeição. Ela havia penetrado no coração de Malcolm com uma força mortal, e agora ele estava morto.

Quando Malcolm caiu no chão, morto, as quarenta e oito moedas de ouro que estavam em seu bolso se espalharam pelo chão, como se estivessem sendo libertadas de uma prisão. Elas se derramaram para fora do bolso, brilhando à luz do sol como um tesouro recém-descoberto. As moedas de ouro reluziam, criando um contraste dourado com o chão frio e cinzento. A cena era quase poética, como se a morte de Malcolm tivesse libertado um tesouro escondido, permitindo que a beleza e a riqueza das moedas de ouro fossem finalmente apreciadas.

Os amigos ficaram em choque ao verem Malcolm cair ao chão, morto. Eles não podiam acreditar no que estavam vendo — o homem que os havia ameaçado e torturado estava agora caído ao chão, sem vida. Mas, apesar do choque, eles ainda estavam presos às árvores, incapazes de se libertar. As cordas que os prendiam pareciam estar apertando cada vez mais, como se estivessem tentando sufocá-los. Eles se debateram e gritaram, tentando se libertar, mas as cordas eram fortes demais. Eles estavam presos, e não sabiam como escapar.

Os amigos se entreolharam, ainda em choque com o que havia acontecido. Eles não podiam acreditar que Malcolm estivesse morto, e que alguém tivesse feito aquilo com ele. Eles se perguntaram quem poderia ter sido capaz de cometer tal ato.

—Quem fez isso? — perguntou Julian, sua voz baixa e hesitante.

— Não sei — respondeu Sophia, sacudindo a cabeça. — Mas quem quer que tenha sido, sabia o que estava fazendo.

— Sim, a flecha de cristal foi lançada com uma precisão mortal — disse Axel, seu olhar fixo no corpo de Malcolm. — Quem quer que tenha feito isso, deve ter sido um especialista.

Zara olhou para o corpo de Malcolm com uma expressão de alívio e gratidão:

— Mas quem teria feito isso?

Thorne, o construtor de embarcações, emergiu das sombras, seu semblante iluminado por um raio de sol que se infiltrava através das árvores. Seu rosto, marcado por linhas de experiência e sabedoria, estava sereno e calmo, como se ele tivesse estado esperando por esse momento há muito tempo. Seus olhos, castanhos e profundos, brilhavam com uma luz interior, como se estivessem refletindo a beleza e a simplicidade da natureza.

Ele segurava um arco nas mãos, seu braço direito esticado e pronto para disparar. As flechas de cristal que estavam encaixadas na aljava ao seu lado brilhavam com uma luz suave, como se estivessem contendo uma energia mágica. O arco, feito de madeira escura e polida, parecia um instrumento de precisão e habilidade, pronto para ser usado por seu dono.

Ele se aproximou dos jovens, seu olhar fixo neles com uma expressão de carinho e preocupação.

— Vocês estão bem? — perguntou ele, sua voz baixa e suave. — Não se machucaram?

Os jovens olharam para Thorne com gratidão e alívio. Eles sabiam que ele era um amigo verdadeiro, alguém que sempre estaria lá para protegê-los e ajudá-los. Eles sacudiram a cabeça, indicando que estavam bem, e Thorne sorriu, seu rosto se iluminando com uma expressão de felicidade.

— Então, vamos sair daqui — disse ele, seu olhar fixo no corpo de Malcolm.

Thorne se aproximou dos jovens e, com um gesto suave, desamarrou as cordas que os prendiam em pé. Eles relaxaram, aliviados por estar livres novamente, e Thorne os ajudou a se sentar no chão, segurando-os pelos ombros.

Em seguida, Thorne se virou para o corpo de Malcolm e, com um suspiro, começou a cavar uma cova no chão. Os jovens o ajudaram, trabalhando juntos para criar uma cova profunda e estreita. Quando terminaram, Thorne pegou o corpo de Malcolm e o colocou na cova, cobrindo-o com terra e folhas.

Os jovens se reuniram ao redor da cova, olhando para a terra fresca e as folhas que cobriam o corpo de Malcolm. Eles se sentiram aliviados e felizes, sabendo que o mal que os havia atormentado por tanto tempo finalmente havia sido enterrado. Malcolm era um homem cruel e injusto, e sua morte era uma libertação para todos.

— Que o mal seja enterrado com ele — disse Thorne, sua voz firme e segura. — Que a justiça seja feita e que a paz seja restaurada.

Depois de terem enterrado o corpo de Malcolm, os jovens se abaixaram para pegar as quarenta e oito moedas de ouro que estavam espalhadas no chão. Eles se aproximaram do local onde Malcolm havia caído e viram as moedas brilhando ao sol.

Os jovens se abaixaram e começaram a pegar as moedas, uma a uma, e a colocá-las em um saco de couro. Eles se sentiram felizes e aliviados ao pegar as moedas, sabendo que aquela riqueza era somente deles.

Quando terminaram de pegar todas as moedas, os jovens se levantaram e olharam para o saco de couro com as quarenta e oito moedas de ouro. Eles se sentiram aliviados e satisfeitos, sabendo que tinham recuperado o que era deles e que agora tinham a chance de construir um futuro melhor. A sensação de terem superado a adversidade e terem conquistado a riqueza que lhes pertencia os enchia de orgulho e determinação.

Thorne se aproximou dos jovens, um sorriso largo no rosto.

— Parabéns, jovens — disse ele, estendendo a mão para cumprimentá-los. — Vocês merecem essa riqueza. Vocês trabalharam duro para conquistá-la e agora é hora de desfrutar do fruto do seu trabalho.

Ele olhou para os jovens com orgulho, lembrando-se de tudo o que haviam passado juntos:

— Agora, vocês devem voltar para Vila Rica e começar uma nova vida. Vocês têm a chance de construir um futuro melhor, livre da tirania e do medo que Malcolm representava. Eu não posso acompanhá-los, mas sei que vocês estão preparados para enfrentar os desafios que virão. — Thorne fez uma pausa, olhando em volta da floresta. — Vocês estão livres agora, e eu estou feliz em ter podido ajudá-los a conquistar essa liberdade. Vão em frente e vivam a vida que merecem.

Capítulo 16

O RETORNO TRIUNFANTE

Os jovens amigos se reuniram na parada de ônibus, ansiosos para retornar a Vila Rica. Eles haviam finalmente derrotado Malcolm e recuperado as moedas de ouro, e agora estavam prontos para voltar para casa.

Thorne, que os havia ajudado em sua jornada, se despediu deles com um sorriso.

— Eu não posso acompanhá-los nessa última etapa da jornada, mas tenho certeza de que vocês estão bem preparados para enfrentar qualquer coisa que venha pela frente. Vocês provaram ser fortes e corajosos, e eu tenho orgulho de vocês.

Os jovens concordaram e agradeceram a Thorne por sua ajuda. Eles então subiram no ônibus e encontraram seus assentos. O motorista do ônibus os saudou e começou a dirigir em direção a Vila Rica.

Enquanto o ônibus se afastava, os jovens olharam para trás e viram Thorne ainda de pé na parada de ônibus, acenando para eles. Eles sorriam, sabendo que haviam feito um amigo leal e que sempre poderiam contar com ele.

O ônibus começou a se afastar mais e mais, deixando Thorne para trás. Os jovens se sentaram confortavelmente em seus assentos, sentindo-se aliviados e felizes por terem finalmente derrotado Malcolm e recuperado as moedas de ouro.

À medida que o ônibus avançava, a paisagem ao redor começou a mudar. As árvores e as colinas deram lugar a campos verdes e vastos, onde o sol brilhava intensamente. O ar estava fresco e limpo, e os jovens se sentiam revigorados pelo vento que entrava pelas janelas do ônibus.

O motorista do ônibus era um homem amigável e experiente, que conhecia bem o caminho para Vila Rica. Ele dirigia com habilidade, evitando buracos e curvas perigosas, e os jovens se sentiam seguros em suas mãos.

À medida que o tempo passava, os jovens começaram a relaxar e a aproveitar a viagem. Eles conversavam e riam, compartilhando histórias e lembranças da aventura que haviam vivido. O ônibus se tornou um lugar aconchegante e acolhedor, onde eles podiam se sentir em casa.

O sol começou a se pôr, lançando um brilho dourado sobre a paisagem. Os jovens se sentaram em silêncio por um momento, admirando a beleza do entardecer. Então, um deles começou a cantar uma canção suave e melodiosa, e os outros se juntaram, criando um coro harmonioso que preencheu o ônibus.

A noite começou a cair, e as estrelas apareceram no céu. O ônibus continuou a avançar, iluminado apenas pelos faróis que cortavam a escuridão. Os jovens se sentiam cansados, mas felizes, sabendo que estavam quase em casa.

O ônibus finalmente parou na praça central de Vila Rica, e Julian, Sophia, Axel e Zara desceram, esticando as pernas e olhando em volta. Eles estavam finalmente em casa, e sabiam que nunca esqueceriam a aventura que haviam vivido.

A praça estava cheia de pessoas, todas ansiosas para ver os jovens que haviam partido há tanto tempo. A mãe de Julian foi a primeira a correr para abraçá-lo, chorando de alegria.

— Meu filho! — ela gritou, apertando-o contra si. — Eu estava tão preocupada com você!

A mãe de Sophia veio a seguir, abraçando-a com força.

— Estou tão orgulhosa de você — ela disse, com lágrimas nos olhos. — Você é uma verdadeira heroína!

A avó de Zara veio depois, abraçando-a com carinho.

— Minha querida Zara! — ela disse, beijando-a na testa. — Eu estava tão preocupada com você. Estou tão feliz que você está de volta em casa.

Quando Axel desceu do ônibus, os familiares de Julian, Sophia e Zara correram para abraçá-lo, como se ele fosse um membro a mais da família. A mãe de Julian, uma mulher calorosa e acolhedora, foi a primeira a abraçá-lo, chorando de alegria.

— Axel, meu querido! — ela exclamou, apertando-o contra si. — Nós estamos tão felizes em ter você de volta conosco!

O pai de Sophia, um homem forte e gentil, também o abraçou, dizendo:

— Bem-vindo de volta, Axel. Você é um verdadeiro herói e um membro da nossa família.

A avó de Zara, uma mulher sábia e carinhosa, beijou-o na testa, dizendo:

— Axel, meu querido, você é um filho para nós. Estamos tão orgulhosos de você.

Os familiares dos amigos o receberam com tanto amor e carinho, que Axel se sentiu como se estivesse em casa, cercado por pessoas que o amavam e o aceitavam como um deles. Ele sorriu, sentindo-se grato e feliz por ter encontrado uma família que o amava e o apoiava incondicionalmente.

Os jovens foram recebidos com abraços e beijos, e todos queriam ouvir as histórias da aventura que haviam vivido. Eles contaram tudo, desde a partida até a batalha final contra Malcolm, e os familiares ouviram com atenção e admiração.

A praça estava cheia de risos e choros, e todos estavam felizes por ter os jovens de volta em casa. Axel, Julian, Sophia e Zara estavam finalmente em paz, sabendo que haviam feito o que era certo e que estavam de volta com os seus.

Depois de um tempo, os jovens e os familiares começaram a se dirigir para as casas, ansiosos para compartilhar mais histórias e momentos juntos. A noite estava cheia de alegria e amor, e todos sabiam que nunca esqueceriam essa aventura.

Algum tempo depois, a vida na Vila Rica havia voltado ao normal. Julian, Sophia, Zara e Axel estavam de volta às suas rotinas diárias, mas agora com uma nova perspectiva e um novo apreço pela vida. Eles haviam passado por uma experiência que os havia mudado para sempre, e agora estavam mais unidos do que nunca.

A vila estava cheia de vida e cor, com as pessoas sorrindo e se cumprimentando nas ruas. As casas estavam decoradas com flores e bandeiras, e o ar estava cheio de música e risos.

Com o dinheiro da venda das moedas de ouro, Axel e seus amigos decidiram reformar a casa que havia sido incendiada por Malcolm. Eles estavam determinados a fazer dela um lar novamente, e o dinheiro da venda das moedas foi o que lhes permitiu realizar esse sonho.

A casa de Axel estava agora completamente renovada e reformada, com um visual antigo e rústico que remetia a uma época passada. A fachada da casa estava feita de pedra branca, com janelas de madeira escura e um telhado de telhas vermelhas. A porta principal era grande e pesada, feita de madeira sólida, com um lintel de pedra que suportava um frontão triangular.

O jardim da casa era um verdadeiro paraíso, com árvores frutíferas, flores coloridas e um gramado verdejante. Havia uma varanda grande e coberta, com uma mesa e cadeiras de madeira, onde Axel e seus amigos podiam sentar-se e desfrutar do sol e da vista.

Julian e Sophia sempre foram amigos próximos, mas agora eles estavam começando a perceber que seus sentimentos um pelo outro iam além da amizade. Eles começaram a notar os pequenos detalhes um do outro, como o jeito que Sophia sorria quando Julian fazia uma piada, ou o jeito que Julian olhava para ela com carinho.

Um dia, enquanto estavam caminhando pelo jardim da casa de Axel, Julian se virou para Sophia e perguntou se ela gostaria de sair com ele para um passeio. Sophia concordou, e eles começaram a caminhar lado a lado, conversando sobre seus sonhos e esperanças.

À medida que o sol começou a se pôr, Julian pegou a mão de Sophia e a levou para um lugar tranquilo ao ar livre, onde eles podiam desfrutar da vista do pôr do sol. Eles se sentaram em um banco, cercados por flores coloridas e árvores frutíferas, e Julian começou a contar histórias sobre as vezes que ia comprar doces, somente para vê-la todos os dias. Sophia ouviu atentamente, rindo e sorrindo às histórias de Julian, e ele podia ver o amor e a admiração em seus olhos. O ar estava cheio de um perfume doce e a atmosfera era romântica, tornando o momento ainda mais especial para os dois.

Sophia se sentia tão confortável e feliz ao lado dele, e sabia que estava apaixonada.

Julian também estava apaixonado, e ele sabia que precisava dizer algo. Ele pegou a mão de Sophia e a olhou nos olhos, dizendo:

— Sophia, eu gosto muito de você. Você é a pessoa mais importante da minha vida, e eu quero passar o resto da minha vida ao seu lado!

Sophia sorriu e respondeu:

— Eu também gosto muito de você, Julian. Eu quero estar com você sempre.

E assim Julian e Sophia começaram a namorar, compartilhando momentos felizes e criando memórias que durariam para sempre.

O sol começou a se pôr no horizonte, lançando um brilho dourado sobre Vila Rica. As casas de pedra branca e telhados de telhas vermelhas começaram a se iluminar com um tom quente e acolhedor, como se estivessem sendo banhadas por um rio de ouro derretido.

O céu se transformou em um canvas de cores vibrantes, com tons de laranja, rosa e púrpura se misturando em um espetáculo de beleza. As nuvens, que antes estavam espalhadas pelo céu, agora se agrupavam em forma de flores e animais, como se estivessem sendo sopradas por um vento mágico.

A temperatura começou a cair, e o ar se encheu de um perfume doce e floral, como se as próprias flores da vila estivessem liberando seu aroma para celebrar o entardecer. As árvores, que antes estavam imóveis, agora começaram a balançar suavemente ao vento, como se estivessem dançando ao ritmo de uma música silenciosa.

Os moradores da vila começaram a sair de suas casas, atraídos pelo espetáculo do entardecer. Eles se sentaram em bancos e varandas, observando o céu e conversando em voz baixa, como se não quisessem perturbar a magia do momento. O entardecer em Vila Rica era um espetáculo de beleza e magia, um momento em que o tempo parecia parar e o mundo se unia em um abraço de amor e admiração.

Julian e Sophia estavam sentados em um banco, de mãos dadas, observando o entardecer com olhos arregalados de admiração. Eles se sentiam como se estivessem no topo do mundo, com o céu e a terra se unindo em um abraço apertado.

Enquanto o sol se punha no horizonte, lançando um brilho dourado sobre Vila Rica, Zara e Axel surgiram ao lado de Julian e Sophia, sorrindo e conversando em voz baixa. A luz do entardecer iluminava seus rostos, destacando a beleza de seus sorrisos e a alegria em seus olhos.

O sol continuou a se pôr, lançando um brilho cada vez mais intenso sobre a vila. As sombras começaram a se alongar, e as estrelas começaram a se manifestar no céu, como se estivessem sendo pintadas por um pincel divino. Os quatro amigos se sentaram juntos, desfrutando do entardecer e da companhia uns dos outros, enquanto o mundo ao redor deles se transformava em um quadro de beleza e magia; eles finalmente estavam em paz!

E assim a história de Julian, Sophia, Zara e Axel se encerrava, como um capítulo de um livro de contos de fadas, com um final feliz e uma mensagem de amor e amizade que seria passada para as gerações futuras.

FIM!